一路平安

【著者】
医師・初代厚生労働大臣
坂口 力

【協力】
一般社団法人
日本先進医療臨床研究会

はじめに――無から有を生み出した一冊

「さらば米寿」を書き終えた時、もう書くことは無くなったと思い、筆を置きかけた。しかし、まだ書いておかなければならないことがあると、思い直してペンを握り直したのがこの一冊である。これから勉強することにはどんなことがあり、どんな社会が待っているのか、予想しながら筆を進めていく。待ち受けていることにどんな気持ちで立ち向かうのか、そのためには何を考えれば良いのか、後に続く人達に何を言い残すべきか、思いを上下左右に振りながら、知恵をしぼりつつ書き上げることになった。

無から有を生み出した一冊であるが、書いたものを読み返して見ると、同じことを繰り返し書いている部分もあり、決して褒められる著作にはならなかったけれど、過去のことを中心に書いた「日々挑戦」や「さらば米寿」とは異なり、これからのことに重きを置いた一冊になった気がする。五箇条の御誓文にも書いたが、これからの政治が示さなければならないことは多く、国民も忍び難いことを忍んで生活を送らなければならない。難しい時代に生まれ合わせたと言える。しかし、政府にも国民にも大変な時代が来る覚悟が出来ているかと言えば出来ていないと言い切る事ができる。難しい時代を避けるためには格別な努力が必要であり、覚悟を決めて日々の生活に取り組む必要がある。政府に対して言うべきことは言わなければならないし、決して甘い薬は無いことを、国民も知らなければならない。日本を正確にリードする代表をどの様に選び出せば良いのか、我々に求められている。

そんなことを書きたいと思いながら、この一冊を書き終えた次第である。

目次

第一章

歴史を振り返り、未来を語る

五箇条の御誓文を乗り越えて

長く続いた徳川幕府が崩壊し、王政復興の時が訪れたその時、政府はこれからの国策方針を世に示すことになる。五箇条の御誓文であり、天皇が神々に契約する形をとっている。原案では天皇に対して全国の諸大名が契約する形をとっていたが、出来上がったものは天皇が神々に契約するものに変化していた。何時の世も反対する者が現れ、名前はそのままで中身はすり替えられていた。もう一つ原案との大きな違いは、身分に関係なく天皇の基で団結していくことになっていたのが、身分格差を認めた上で天皇の基に一致団結していくことに変わっていたことである。

原案を書いたのは福井藩の由利公正で坂本龍馬の友人であった。内容に口を挟んだのは岩倉具視らの公家衆であり、薩長連合も背後についていた。神々に契約する形をとれば、どの立場からも反対できにくいことになり、良いことを言っているように感じられたのであろう。

1．広く会議を興し万機公論に決すべし。

2. 上下心を一にして盛んに経綸を行うべし。
3. 官武一途庶民に至るまで各々その志しを遂げ、人心をして倦まざらしめんことを要す。
4. 旧来の陋習を破り天地の公道に基づくべし。
5. 知識を世界に求め大いに皇基を振起すべし。

出来上がった五項目は以上の内容になっていた。その内容を現在流に解釈すれば次の様になるのではないか。

1. 日本中から優秀な人材を集め、会議を開いて民主的に方針を決定する。
2. 身分に関係なくみんなで物事を決め日本を治める。
3. 政府も一般国民もそれぞれ責任を果たし、国の目的を達成しよう。
4. これまでの悪い習慣を捨てて道理に合った方法で近代化を進める。
5. 知識を世界に広め、日本の伝統を大切にして発展させよう。

五項目のうち、国の治め方に言及したものが、1、2、4の三項目であり、身分に関係なく集り、民主的に会議を開き、近代化を目指して進める方向性を打ち出している。端的に言えば、みんなで会議を開き近代化した国を作ると述べている。3ではそれぞれ責任を果たして国を作ろうと呼びかけ、5では知識を広め日本の伝統を発展させると述べ、半ば呼びかけた形になっている。責任を果たし、伝統ある国を発展させると述べる。この二つに要約することが出来る。長く続いた江戸幕府から明治の天皇を中心とした新政権が、如何に新しいものに代わるかを強調したかったと思われる。3と5は江戸幕府も欧米と肩を並べる国作りをするために呼びかけたものである。明治政府の新しさは、人材を集め会議方式で近代的な国作りをすることに集約できる。幕府では大名や旗本が幅をきかし、優秀な庶民の出る幕がなかったに違いない。幕府はここを改革することができたかどうかである。

1ができれば、すべてのことは後からついてくることになり、根本は会議を開いて民主的に国の方針を決めるところにある。この方針は現在の国会に発展し、脈々と今も流れていることになる。

さて、時代は明治、大正、昭和、平成、と過ぎ去り、新しい令和の時代を迎えた。今、明治の出発や第二次世界大戦の敗北時と同等の国難に直面している、と多くの人が見ている。五箇条の御誓文に匹敵するものを政府が書くに相応しい時を迎えているとすれば、政府はいま何を国民に契約すべきであろうか。政府が今契約すべきことについて、私は考えてみた。

戦後長く続いてきたアメリカの傘の下での防衛政策は、アメリカの国力が相対的に弱まり中国の軍事力が増強し続ける中で、このままで良いのであろうか。北朝鮮は弾道ミサイルの発射実験を繰り返し、ロシアはウクライナ侵攻を開始した。今後もアメリカ依存だけで自国を防衛することができるのかどうか、即刻検討すべき時期をむかえている。ウクライナ侵攻が始まってから台湾問題が大きな脚光を浴びることになった。そして台湾有事の位置づけとして、「日本は要になる」とのシンクタンクの考えが示され、にわかに日本の態度が問題になってきた。日本におけるアメリカ軍基地の使用が前提になり、日本にも損害は避けられない事態が想定されている。国民に対して、アメリカの傘の下で日本の安全を守ることがどういう意味であるかを国民に説明するときを迎えている。

財政は赤字国債を出し続けて今日を迎え、一千兆円を超える国債を抱えている。更に赤字の額を増やし続けているがこのままで良いのか、立ち止まって考える必要がある。コロナに対する予算だけを見ても、国債の額は莫大である。少子高齢化が進む中で財政環境は一層悪化してきたし、これからも続くと言わざるを得ない。

高齢化はさらに進み世界一の長寿国になる事は間違いなく、少子化を止めるメドも立っていない。社会保障費は更に膨らみ続ける。

一つの政府の中で財務省とその支援者は財政の立て直しを主張し、厚生労働省など財源を使う役所は社会保障費など必要性ばかりを主張していて良いのか、省あって国なしでよいのか考えなければならない。

更に日本は今後どんな産業を発展させ、日本の経済を強固にするのか、明確にする必要がある。国際競争力に勝つためには何が必要か。

どんな人材を集めて会議を開き民主的に将来を決定するのか、人材の集め方について触れる必要がある。はじめから色のついた人間を集めていたのでは結果は決まってしまう。

1. 人材の集め方を検討し、民主的に日本の将来を決定する。
2. 財政の健全化を目指し、国民の負担を可能にする国家像を明白にする。
3. 可能な防衛政策を決定し、外交と一体的に進める。
4. 新しい経済力向上のため、必要な国策を決定する。

5．伝統ある日本を護り、国力の向上を図る。

この五項目で重点は含まれている。これに令和の政府としての特色を出す必要がある、日本は世界の先進国になり、民主的な決定の仕方はいまさら言うまでもない。国民の投票による選挙が行われ、議員を選び議論をしているが、この方法だけで日本の将来を決定して良いかどうかは検討する必要がある。日本の将来を決めるに相応しい人材ばかりを選ぶことができるかどうか、例えば税金を上げることに賛成する人が選ばれるかどうかである。それでは上げなくて良いかと言えばそうではない。民主的な方法として選挙が行われるが、手放しで選挙だけに委ねて良いかどうかである。しかし、選挙以外に民主的な方法があるかと言えば、結論は難しい。国民が希望しないことでも日本の将来必要なことはある。それを誰が希望し誰が決めるかである。あくまでも決定は民主的でなければならない。

主権在民であり国民が中心である以上、選挙以外に方法がなければ、どの政党が将来必要なことを主張するかである。国民が希望しないことでも、日本の将来必要なことは公約することが出来るかどうかである。選挙に不利だと分かっていても公約する政党がどれだけ存在するかである。今までの選挙の結果として現在の日本が存在することを考えれば、今後の人材の集め方は検討に値する。ここで考えられる事は、政府が検討すべき内容だけを示し、具体的な対策は各省庁の役人に委ねる事である。しかし日本の将来必要な事項は役人に任せることで民主的国家と言えるかどうかである。敢えて書くことにする。

2．の財政の健全化を我が国は放置してきた。赤字国債を出し続ける現状をこのまま継続して良いのか、今一度立ち止まって考えることを提案する。さらに少子高齢化と合わせて考えた時、日本の国は破滅に向かって間違いなく進行している、と断言する人も存在する。

日本はこの二〇〇年の間に二回の極度に追い詰められた「死の淵」を経験した。一回目は江戸末期から明治への移行期であり、二回目は第二次世界大戦での敗北であった。日本人は苦境に耐えこれを克服してきた。一回目は徳川慶喜が大政奉還を宣言し、明治政府の誕生であり、政治の中心が大きく代わり近代国家が生れた。決断したのは徳川幕府であり、国民はその決定に加わっていない。二回目は第二次世界大戦の敗北であり、決断したのは昭和天皇であり、やはり国民は含まれていなかった。

これに匹敵する三回目が待ち受けていると、どれだけの日本人が考え覚悟しているだろうか。三回目の「死の淵」を受け入れる決断は、初めて国民の代表が行うことになる。バラ色の将来が待ち受けていると多くの人は考えている。明治の開国がどれほど苦しい時代であったか、経験した人はもう生きていない。私の父方の祖父は慶応三年の生まれで幼い時に明治の開国を経験してきた。米を作りながら食べる米がなく、一揆が起こり多くの村人が殺害され、夜も眠れない日々が続いたと語っていた。山に行き木の実や雑草を食べて飢えを凌いだという。同じことを第二次大戦末期と敗戦直後に一〇歳前後の私は経験した。村からは次々と戦死者が出て、食べるものが無かった。母と共に山で木の実を集めて食べた記憶がある。敗戦の経験者も少なくなってきた。忍び難い日々を忍んで生き延びた。現在の日本人には想像できない日々の生活であった。この二回と同等の三回目の「死の淵」が訪れるというのである。日本再建の骨格を示し、新しい国家を建設する姿勢を明確にしなければならない。内外共に混乱が起こり、最低数年間の苦しみを覚悟しなければならない。一番厳しいのが経済的危機をどの様に乗り切るかである。

少子高齢化を改善できなければ同一民族国家を乗り越えなければならない。日本は九五%以上の同一民族から成立している。多くの民族の移民を認め、本格的な他民族国家になる事を覚悟できるか。そうしなければ日本は限り無く小さい国になってしまう。日本の財政を立て直すためには若い働く人達が必要になる。二〇二〇年に比較して二〇四〇年には一五〇〇万人の支え手不足が生じる。労働人口の減少であり、消費者の減少となり経済力の低下に結びつく。自国で若い働く人達を生み育てるか、それとも本格的な移民を認めるか。どちらかを選ぶか両方を選ぶかの時が迫っているのだ。

日本の赤字国債は殆どを国内で持っているから大丈夫と言う人がいるが、本当に安心なのか。次第に円安がすすんできた。日米の金利差が原因となっているが、だんだんと「日本売り」の様相を呈してきたと主張する人もいる。「日本売り」は円安、株安、債券安というトリプル安の形をとる。株は時価総額の三〇%を外国人が持っている。インフレが厳しくなり抑えると円安が更に悪化する。財政と金融の引き締めが必要になり、多くの企業倒産が発生し、失業者が多発することを覚悟しなければならない。それでもインフレを抑えるため財政支出を抑え続ける力量を政府と日銀は持ち合わせているだろうか。田中内閣の時、インフレを抑制するため政敵の福田赳夫氏を大蔵大臣に起用して財政の引き締めを強行した。当時は政府に力量があったが、今はそれが無くなっている。失業者があふれ世の中は混乱する。悪事を働く者も増えるに違いない。自殺者も増えるだろう。

そんな三回目の「死の淵」を避けるためには、徐々に手を打ち、日本が立ち直る努力が必要であり、治療のために飲む薬は苦いことを国民に訴えるべきである。その苦い薬が必要なことを訴え、財政を立て直し、若い労働者の増える時代を作らなければならない。

2．財政の健全化を計り、その負担に耐える社会を実現する。

3は日本をどう防衛し、外交と一体的に進めるかを明確にしなければならない。この文章を書いている最中に、北朝鮮の弾道ミサイルが日本の上空を越え太平洋に落下したと伝えられた。ロシアのウクライナ侵攻が起こり、中国の台湾攻撃が現実味を増す中で、北朝鮮が実弾を使って防衛外交を展開する。日本の周辺は安閑としていられない状況である。アメリカの防衛力が相対的に低下し、中国の軍事力が増大する中で、日本はアメリカの傘の下で果たして安全か。アメリカの傘が小さくなる中で、本当に日本を護ってくれるのか。疑問を持つ人が次第に増えているのは事実である。アメリカはウクライナに対しても直接手を下すことはなかったではないか。独自の防衛力強化を訴える人も増加している。憲法問題でいつまでも時間を費やしている時ではないとの主張も増えている。しかし日本が自衛力を増強することは容易なことではない。財政的な問題もあるが、かつて日本の軍事力により被害を受けた国々は、その時のことを忘れていない。日本の防衛力増強には賛成しないにちがいない。外交問題が重要になってくる。敵を作らない外交が重要であり、身内の中の関係も無視してはならない。方向は自力防衛であるが、そのスピードと内容をどうするか、自力防衛するとき、撃たれたら撃ち返すのか、撃たれる前に撃つことは可能か。撃たれてから撃ち返すのでは遅すぎるとの主張もある。未来の戦争は瞬時に決着すると言うのだ。例えば相手からミサイル攻撃を多発された場合、それを防ぎ切れるのか、難しいとの声が多い。それならば、相手が武力攻撃をする直前に、我が国から先に敵陣を攻撃することが出来るのか?それが出来なくて自力防衛になるのか?無人機で先にミサイルを打ち上げ、敵のミサイル発射を見届けて敵陣を攻撃できるのか?急ぎながらも慎重な議論が必要である。日本を攻撃すればそれ以上の攻撃を受け大きな犠牲を払うことを知らしめる必要がある。それを可能にする防衛力が必要である。しかし、日本には憲法問題も存在するから簡単ではない。

反撃能力については、アメリカとの安保条約でどう位置づけるか、問われることになる。敵が攻撃態勢に入り、大々的な攻撃を受ければ戦争が終わりになる可能性があるときには、アメリカが先に相手を攻撃することは可能なのか。具体的な内容が議論されることになるだろう。新聞が伝えるところによると、バイデン大統領は岸田首相に対し、「完全かつ徹底的に日米同盟と日本の防衛に関与する」(読売新聞)と明言している。日本が攻撃されたときは当然として、台湾有事の時はどうなるのか、そこが知りたい。

日米両政府は、日本の新たな国家安全保障戦略に明記された反撃能力について、「効果的な運用に向けて協力を深化させる」と強調したのだ。二〇二三年一月一一日のことである。アメリカは日本の新しい安保政策を「同盟の抑止力を強化する重要な進化」（読売新聞）と歓迎している。今後両国政府によって、具体的な事例を元にして対策が講じられることになる。日本ができない先制攻撃をアメリカが受け持つことは十分に考えられる。

３．防衛力強化とその内容について、外交を含めた決定を早期に行う。

４は経済力の増強であり、５は日本の伝統を守り、向上させる対策である。経済力が増強しなければ財政の健全化は進まず、雇用の安定もできない。どの分野の産業を中心にして発展させるのか、常に検討し基礎的な学問や技術を研究させる必要がある。産業開発は世界の国々の激しい競争を乗り越えなければならない。国の財政支援も影響する。国の技術開発費の支援を強化する必要がある。技術が優先しても生産力で敗北することが多く、産業生産に結びつかないことも多い。経済に優秀な人材を結集しなければならない。優秀な技術者の育成も重要である。大学と産業界の連携も強化することを忘れてはならない。

総じて言えば、国の競争能力を高めながら、護るべきところには財政支援を惜しまないことである。

4. 新しい経済力を強化し、必要な技術の開発と支援を行う。
5. 国の伝統を重んじ、更なる発展に努める。

以上の様な令和における五箇条の御誓文を書いてみると、日本が大きな節目を迎え、苦難に直面していることが分かる。明治の開国と同様に、令和の開国として国民に契約すべきことを明確にすることを迫られている。日本の国における内外の環境が激変し、このまま で進むことは困難な情勢になっている。対外的には自国による防衛力の強化であり、対内的には財政難の克服である。何れも国難に匹敵する事態であり、覚悟を決めて取り組まなければならない。

1. 日本を代表する人材を結集し、今後のあるべき姿を明示する。
2. 財政の健全化を計り、それに耐えうる社会を実現する。
3. 防衛力強化について、外交を含めた決定を早期に行う。

4. 新しい経済力強化に向けて、国の技術支援を明確にする。
5. 日本の伝統を重んじ、その発展に努める。

もう少し五箇条の御誓文らしい表現にする必要がある。

1. 新日本を創造するための人材を結集し、議論を重ね、世界をリードする国家像を明示する。
2. 国家存続の危機を乗り越えるため、財政の健全化を実現すると共に、それに耐えうる社会構造、さらには少子高齢社会を乗り切る手順を明確に示し、実現する。
3. 諸外国の動きを適格に捉え、外交を含め、防衛力強化の決定を迅速に行う。
4. 豊国日本の継続を計るため、産業育成の国家的支援を明確に示し、競争力の強化を明確にする。
5. 世界に開花した日本の伝統を一層発展させ、新しい文化の創造にむけて諸施策を行う。

最も難しいのは、「財政の健全化を実現すると共に、それに耐えうる社会構造、さらには少子高齢社会を乗り切る手順を明確に示す」ことではないか。財政の健全化を進めるためには、更なる財源が必要であり、税や保険料を二段、三段と上げなければならない。そして社会保障費や道路、河川の建設費の増加を抑制しなければならない。安全保障費は増やす必要がある。出すものが増えて受けるものが減る社会を国民に示すことになるのだ。政治家にも覚悟が必要であるが、その政治家を選び出す国民にも変化が求められる。新しい国家像とは何か、拠出が増えて保障を制限する国を創ることに他ならない。その中で、出す方にどの様な濃淡をつけ、受ける側にもどのような特色をつけるか、政治家の姿勢が問われるところである。少子化対策一つを取り上げても、現在の内容では充分な効果は見られない。国民が少子化を乗り越えるために何を望んでいるのか、もう一度検討する必要がある。

国民が参加する抜本的な国家再建は初めてのケースであり、民主主義国家の真価が問われることになる。世界の国々が日本の改革に注目をしている。改革が出来なければ、日本の存亡にかかわることを覚悟すべきである。今、五箇条の御誓文が必要なのは、そのためである。国内だけでなく国際的にも契約する内容になることを覚悟しなければならない。日本の経済政策は世界に影響し、日本の安全保障は世界の外交にも影響を与えるからである。

ガダルカナル島の戦いと玉音放送

ハワイにおける真珠湾奇襲攻撃で始まった太平洋戦争は、日本の連戦連勝で進んでいた。毎日の新聞には勝利の記事が記載され、人々は「日本強し」報道に酔いしれた。日本の作戦は次々と成功し、勝利の中でこの戦争は終了するものと信じていた。日本の各地では連日兵士を送り出す行事が続き、勝利の提灯行列も行われていた。

それから一年半が経過し昭和一七年八月以降、戦局は膠着状態になり風向きは変わり始めていた。日本は西太平洋のソロモン諸島の一つ、ガダルカナル島で連合軍との激戦を開始していたのである。結果を先に書くと、甚大な敗北を期し、ここから日本の戦局は下り坂になって敗戦を迎えることになる。ガダルカナルは戦争の峠であり、強かった日本軍が負け始めた最初であったと言える。あるいは頑張り続けた最後であったと言えるかも知れない。

日本は敗北することになる。一九四五年（昭和二〇年）八月一五日天皇陛下は詔書を読み上げられ、その玉音放送が日本中に流れた。その中身はどんなことが書かれていたのか、その内容を明らかにしたい。原文そのままは分かりにくいので、現代語に翻訳されたもの（二〇一四年八月一五日付西日本新聞朝刊）をお届けしたい。

「私は深く世界の大勢と日本の現状に鑑み、非常の措置をもって時局を収拾しようと思い、忠義で善良なあなた方臣民に告げる。私は帝国政府に、米国、英国、中国、ソ連の四カ国に対し、その（ポツダム）宣言を受諾することを通告させた」

玉音放送の最初である。

「そもそも帝国国民の安全を確保し世界の国々と共に栄え、喜びを共にすることは、天皇家の祖先から残された規範であり、私も深く心にとめ、そう努めてきた。先に米・英二カ国に宣戦を布告した理由もまた、帝国の自存と東亜の安定を願ってのものであって、他国の主権を侵害したり、領土を侵犯したりするようなことは、もちろん私の心志（意志）ではない。

しかしながら、戦争状態はすでに四年を経て、わが陸海将兵の勇敢な戦闘や、官僚・公務員たちの励精、一億民衆の奉公は、それぞれ最善を尽くしたにもかかわらず、戦局は必ずしも好転せず、世界の情勢もわれわれにとって不利に働いている。

それだけでなく、敵は新たに残虐な爆弾（原子爆弾）を使用して、罪のない人々を殺傷し、その被害ははかり知れない。それでもなお交戦を継続すれば、ついにわが民族の滅亡を招くだけでなく、それから引き続いて人類文明をも破壊することになってしまうだろう。そのような事態になったとしたら、私はどうしてわが子ともいえる多くの国民を守り、皇祖皇宗の神霊に謝罪できようか。これが私が政府に宣言に応じるようにさせた理由である。

私は帝国とともに終始、東亜の開放に協力してきた友好国に対して、遺憾の意を表せざるを得ない。

帝国臣民であり、戦場で没し、職場で殉職し、悲惨な最期を遂げた者、またその遺族のことを考えると内臓が引き裂かれる思いがする。さらに戦場で負傷し、戦禍に遭い、家や仕事を失った者の厚生については、私が深く心配するところである。」

我が国の繁栄と東亜の安定を願って宣戦を布告したが、その後の戦局は我が方に利あらず、原子爆弾を投下されることになり、民族滅亡の危機に直面した。多くの人が戦禍にあったが、その人達や家族のことを思うと内臓が引き裂かれる思いである。天皇は東亜の繁栄を強調されると共に、耐え難いことを耐え忍び難いことを忍んで、終戦の決断をした理由を述べられた。最後を次の様に結ばれている。

「思うに、今後、帝国の受けるであろう苦難は尋常ではない。あなたたち臣民の本心を私はよく知っている。しかし、私はこれからの運命について、耐え難いことを耐え、忍び難いことを忍んで将来の万世のために太平の世を切り開こうと願っている。

私は、ここにこうして国体（天皇を中心とする秩序）を護持して、忠良なあなた方臣民の偽りのない心を信じ、常にあなた方臣民とともにある。もし激情にかられてむやみに事をこじらせ、あるいは同胞同士が排斥しあって国家を混乱に陥らして国家の方針を誤って世界から信用を失うようなことを私はもっとも戒めたい。」

結びの言葉の前に、臣民は天皇を中心とした秩序を護ってくれることを信じて疑わないと述べ、臣民と共にあることを強調している。そして同胞同士が排斥しあい、国家を混乱させるようなことがあってはならないと戒めている。

「国を挙げて一つの家族のように、子孫ともどもかたく神国日本の不滅を信じ、道は遠く責任は重大であることを自覚し、総力を将来の建設のために傾け、道義心と志操（守って変えない志）をかたく持ち、日本の栄光を再び輝かせるよう、世界の動きに遅れないように期すべきだ。あなた方臣民は私のそのような意を体してほしい。」

このように結んでいる。道は遠く責任は重大であると述べ、日本の栄光を再び輝かせるように願っている。

全体として、戦争で多くの犠牲者を出し、荒れ果てた日本を再建するために、これ以上の荒廃を招いてはならない。米、英、中国、ソ連にたいしポツタム宣言を受け入れ、総力を将来の建設に傾けたい。国民が天皇を中心とした秩序を守ってくれることを信じ、国民と共に日本の栄光を再建したい。国民がこの私の気持ちを理解して貰いたい。

昭和天皇は言葉を選びあらゆる層の国民に対して、臣民と呼びかけ、親しみを持って日本の再建を願っている。これ以上日本を破壊しては建設が不可能になる事を危惧しての言葉と言える。遅きに失したと言えなくもない。しかし、何はともあれ連合軍に対して敗北を受け入れた。天皇として大きな決断をされたことになる。東条内閣も戦争を放棄した。内外に対して天皇の地位の大きさを示したことになる。もとより外国を侵略したり侵犯することは私の本意では無く、そのつもりはなかったことも明らかにされた。

なぜ日本が負けることになったのかは後に譲ることにして、何事も負け始めることになると相手を勢いづかし、勝敗が逆転することを学びたい。スポーツの世界でもそうである。相撲を見ていても、押し込んで勝ちそうに見えても土俵際で変化され、相手の体制が立ち直ると反撃を受け敗北する。一瞬の変化であるが相手を強くしてしまう。野球でも同じである。勝っていても僅かなスキを見せると連続してホームランを打たれてしまう。相手を勢いづかせると手に負えなくなる。

衆議院選挙でも同じことが言える。互角の選挙区が多く、自民党が過半数を獲得できるかどうか微妙である、と予測されることが多い。ここだけは勝たなければならないと思う選挙区で力を入れると、その選挙区だけでなく周辺の選挙区でも逆転してくる。保守系が勢いづいてくるのだろう。相手を勢いに乗せることは恐ろしいことである。こちらが敗北することを意味する。

ガダルカナルにおける日本軍の敗北は何が原因だったのか、いろいろの説が流れている。しかし、最大の原因は陸軍と海軍の意見に違いが生じていたことである。中国本土の戦いを重視する陸軍と新しく戦域を拡大しようとする海軍の基本的な考え方の違いがあった。海軍はオーストラリアとアメリカの分断を考え戦域を拡げることを主張したが、陸軍は中国本土や満州から兵士を引き抜き移動させることを快く思っていなかった。オーストラリアを孤立させることには賛成であったが、主戦は海軍に委ねた作戦であったのだ。ビルマやベトナムにも戦線を拡大していたので陸軍は余力を持ち合わせなかったと言える。

もう一つ連合軍の反撃は一九四三年（昭和一八年）中頃と考えていたが、予想外に反撃開始は早かった。四二年七月には反撃を開始している。連合軍の一万人を超える海兵隊が上陸を開始しているのだ。それにはその前のミッドウェイ海戦において、日本軍は主力の空母四艦を失っていたことが影響したかも知れない。日本の戦力低下と見ての早期攻撃であったのかも知れない。日本はガダルカナルに飛行場を作り、失った空母に変わるものを作る作戦であった。飛行場を作った直後にアメリカの反撃を受け、飛行場を明け渡すことになってしまう。いずれにしても年余に及ぶ戦いの末に多くの戦死者を出し、負傷者を出し、病死者を出し、餓死者を出した。三万名の部隊を送り込み、帰還出来たのは一万名であったという。戦闘機も軍艦も大きな被害を受けた。多くの犠牲を出しこの戦いに敗れた。そして、日本はこのガダルカナルをきっかけにして、敗戦に向けて坂を転げるように落下していくのである。日本軍は恐れるに足りない、連合軍にそう思わせる戦いであったのだ。

それがスポーツであれ人生であれ、いかなる戦いにも相手に対し、恐れるに足りないと感じさせる時がある。それが勝敗の分かれ目になる。互角の戦いが続いて居る時、相手に勝る気持ちを持った方が、互角以上の力を出してくるのだ。相手の方がその気持ちを持ち続けた時、敗北の坂を転げ落ちることになる。互角の体力を持つとき気力が勝負を決めることになるのだ。大和魂を振りかざし、神風特攻隊の日本軍よりも、連合軍はいろいろの分析から此方に勝利ありと思わせたに違いない。人の心の中は簡単ではない。どうすれば勝てるか、一人一人を納得させる必要がある。相撲であればどの様な技を持てば相手よりも強くなるか、納得させることが重要である。大和魂という精神論だけでは勝てない。連合軍の指揮官はそこが勝っていたと思われる。ここで何が語られたのか、その中身が残っていないのだ。

相撲を見て思うことがある。なぜモンゴル人ばかりが強く何人も横綱が生れるのか。体力が鍛えられ充実している。もちろんそれもあるに違いない。しかしそれだけではない。何事にも優れている国日本が存在し、何事にも劣っている国モンゴルが存在する。互角の勝負ができる相撲界だけは我々が勝たなければならない。日本人恐れるに足りない、我々は勝てる！その気力が充満している。互角の体力プラス気力で彼らは次々と横綱になっているのだ。朝青龍、白鵬、いずれも強かった。日本の横綱はなってもすぐに落ちていく。

しかしモンゴルの横綱は長期間横綱の座についている。素晴らしい横綱が多い。白鵬や朝青龍は代表的な横綱であり、日本の相撲界への貢献度も大きいものがある。この人達の気力に敬意を表したい。

日本のプロ野球の選手からアメリカで活躍する人が増えている。特に最近では大谷祥平選手が投打で活躍し、アメリカの野球史上にもなかった成績を上げている。投手として一五勝、ホームラン三〇本は見事な数字である。これらの事ができるのは、立派に鍛えた体力のほか、アメリカ人恐れるに足りないと言う精神力がプラスされていると思えてならない。身長において体力において劣ってきた日本人がアメリカ人と互角になり、負けてたまるかと言う気力が加わり、アメリカ人も成し得ない成績を示して見せるようになったのである。アメリカ人恐れるに足りないとの思いがあるからではないか。日本人としての誇りもあるだろう。体力、技能プラス気力で素晴らしい成績を上げている。日本人の誇りである。モンゴルの人達も朝青龍や白鵬に対して同様の感情をもったに違いない。相手を恐れるに足りないと思う精神力は、言葉ではないのかも知れない。

やがて日本本土も連日B二九による爆撃を受けるようになっていく。現在の天気予報でどこの街に大雨警報が出ていると言うように、連日防空警報が出されていた。東京から地方から連日都市が破壊され、日本は死の街へと変化して行くことになる。そして、広島、長崎への原爆投下に結びついていく。天皇陛下のお言葉にもあったように、わが民族の滅亡を招くことになり、人類文明も破壊することになると危惧されたのであった。

ガダルカナルの敗北から約二年後日本は敗戦を迎えることになる。竹槍訓練などで精神力を鼓舞する試みがなされ、最後の一人まで闘う命令が出されたりしたが、人々の心は爆撃のニュースで毎日がつぶれてしまう。負けるとは言えなかった、戦争はいつ終わるのか、内心誰もが考えていた。日本人の心の中は疲弊していた。八月一五日、天皇陛下のお言葉を聞いて泣いた人もいたが、多くの人は爆撃から逃れることができて胸をなで下ろした。

太平洋戦争の敗北から選挙やスポーツの勝敗までを眺めてみると、互角の戦いの時にどちらが精神的優位に立つかによって勝敗の決まることが分かる。相手に対し、恐れるに足りないと思った方が勝つ因を積むことになる。相手を恐れない背景については様々であるが、人の心は複雑でありどう納得させるかである。一般大衆の場合には多くの人を納得させた場合に大きな力を引き起こすことになる。選挙の時に見られる互角から逆転の構図は指導者の大衆を把握する力によるところが大きい。ガダルカナルにおいて戦いの指揮を執ったのは誰か。総指揮はフィリッピン方面のダグラス・マッカーサー元帥であった。一九四二年四月一八日、マッカーサーは南西太平洋方面のアメリカ軍、オーストラリア軍、イギリス軍、オランダ軍の総指揮官に任命されている。マッカーサーは日本軍の弱いところを狙い、兵站部門の弱体化を待つ作戦をとったと言われる。この方面の直接の指揮は海軍幹部だったかも知れない。兵士や幹部にどんな話を流したか、その明らかな文書は残されていない。日本軍恐れるに足りない、と言う話の中身がすべてを決したと言える。その訓話が太平洋戦争の勝敗を決したと言っても過言でない。しかしその中身は残っておらず、結果だけが残っている。その精神力は全体から醸し出されるものであり、言葉として語られるものではないのかも知れない。ガダルカナルでもその雰囲気が醸し出されていたとも言える。

　太平洋戦争が終わったとき、コーンパイプをくわえて厚木飛行場に降り立ったマッカーサー元帥の姿しか日本人の記憶に残っていない。しかし、今日の日本の基礎を作った人であり、軍人としても立派な人であったということができる。日本に天皇制を残し、日本人の心を掴んだ人であり、多くの日本人がマッカーサー元帥に親しみを持ち尊敬することになっていく。それまでソ連やアメリカは、戦争責任は天皇にありと考えていた。天皇陛下御自身もその事をいたく心配されていたと思われる。敗戦の時のお言葉にも、「国体（天皇を中心とした秩序）を護持して」と述べられている。しかしマッカーサーは天皇陛下とお会いして、日本の再建に天皇制の存在が必要であると主張し、日本人の心を読み取った。ダグラス・マッカーサーは天皇陛下（昭和天皇）と一一回の会談を重ねることになる。マッカーサーの人柄については諸説があるが、部下の人命を尊重することについては、他の幹部よりも人並み外れたところがあったという。軍人には珍しく人の生命を大切にする人であった。古代史をはじめとする歴史や経済学、文学、聖書にも造詣が深かったという。そうした思いやりが部下を引きつけることになったのかも知れない。日本国憲法を作るに際しても三つのことを主張したと伝えられる。戦争放棄、天皇制の存続、封建制度の撤廃であった。

朝鮮戦争に対する考え方でトルーマン大統領と意見を異にしたため、解任されることになる。しかし、日本における指揮は見事なものがあった。部下にも信頼されていたものと思われる。日本は恐れるに足りないことを、どう発言し部下に伝えたのか、そこが聞きたかった。しかし、そこは言葉で無く、醸し出された雰囲気だったのかも知れない。その雰囲気には指揮を執る人の人となりが影響するものと思われる。

マッカーサーの名言集から拾ってみたい。

老兵は死なず、ただ消え去るのみ。

理想を放棄することによって人は老いる。信念を持てば若くなり、疑念を持てば老いる。自信を持てば若くなり、恐怖心を持てば老いる。希望を持てば若くなり、疑問を持てば老いる。

戦争の究極の目的は勝つことにあり、決断を先延ばしすることはない。戦いにおいて代わりに勝利を収めてくれる代理人はいない。

日本人は戦争以来現代史上で最も偉大な改心を経験している。

青春とは、人生の一時期だけではない。それは心の状態だ。長生きするだけで老いる者はいない。人は理想を放棄することによって老いるのだ。

この世に安全などない。ただ機会があるのみだ。

「ダグラス・マッカーサー名言集」より。

これらの名言集からダグラス・マッカーサー元帥の「日本は恐れるに足りない」との声が聞こえてくるように思う。いかがなものであろうか。

米英両国に対する宣戦詔書に書かれた日本の立場

ロシアは今ウクライナの電力施設を攻撃して、民間人の冬期における暖房を奪う作戦を立てている。ウクライナを支援するアメリカは、ロシアの石油輸出を阻止する作戦を立て、経済的圧力を加えている。石油や電力で圧力をかける戦いは、昔も今も変わっていない。一九四〇年における日本の石油生産量は必要量の一割程度であり、アメリカから八割、残りはオランダからの輸入に頼っていた。そのアメリカが一九四一年八月一日、日本を侵略国と位置づけ、石油輸出禁止を行った。必要量の八割を輸入していたアメリカから、輸出禁止をされた日本が経済的に破綻することは当然である。

一九四一年一二月八日、日本は米英に対して宣戦を布告することになる。日本が仕掛けた戦争であると言われるが、日本側からすれば戦争に踏み切らざるを得ない状況に追い込まれたと言える。アメリカ側からすれば、日本はその前年ドイツ、イタリアと三国同盟を結び、侵略国としての姿を明確にしたと受け取っていたのだ。日本側は米英を中心として東アジアを植民地化し、さらにそれを進めていると考えていた。東アジアを自立させるためには、日本が立ち上がる以外にないと考えていた。米英との戦争を始める前に、日本は中国との戦争を始めている。日本に対抗する蒋介石政府を米英が支援をしていることは世界が認めていた。これも火種になったことは間違いない。東アジアの「植民地」を目指す米英と、「侵略国」日本の戦いになっていた。

侵略国とは「自衛目的ではなく、一方的に相手国に対して主権・領土や独立を侵す国」と定義されている。植民地とは「本国からの移住者によって経済的に開発され、本国に従属する地域・国」と言われている。侵略国とは独立を侵す国側から見た言葉であり、植民地とは独立を侵される国側から見た言葉である。何れも他国の主権を侵すことにほかならない。昭和の初め頃、世界の強い国は植民地を持つことが当然になっており、特に白人国は優越感を持ち、有色人国を次々と植民地として資源を搾取していた。日本は有色人種側の代表として、それを阻止する構えを見せていたのだ。東アジアの開放という言葉の裏にはそうした背景が存在していた。アメリカからの石油を止められ、日本も従属国の一つになるかどうかを迫られることになったと言える。神の国として気位の高かった日本は、従属国の一つになることは許されなかった。結果として戦争に突入する以外になかったことになる。そうした時代的背景の中に日本がおかれていたことを知った上で、天皇の開戦詔書を拝見したい。敗戦の時の玉音放送については「ガダルカナル島の戦い」で書いた通りである。比較をして戦争を始めた時の天皇のお言葉を拝読したい。

開戦詔書は殊の外名文であると言われているが、現在の人間には読みこなすことが難しい。最初だけ原文で書くと、

「天佑を保有し萬世一系の皇祚を践める大日本帝国天皇は昭に忠誠勇武なる汝有衆に示す」

現代文に翻訳すると、

「神々の助けを得て神武天皇以来の血筋を引き継ぐ大日本帝国の天皇が、忠誠心に厚く勇敢な国民にはっきりと示します」

「朕茲に米国及英国に対して戦を宣す」に続くことになる。

加代昌広氏の訳文を中心にしてここに紹介させて貰う事にする。

「私はここにアメリカとイギリスに対して戦争を行うことを宣言します。陸海軍将兵は全力を奮って交戦に従事し、すべての公務員は務めに励んで職務に身を捧げ、臣民はおのおのがその本文を尽くし、一億人の臣民が心を一つにして国家の総力を挙げて、この戦争の目的を達成するにあたって手違いがないように期待します」

詔書の最初の部分である。国民が心を一つにして闘うことを求めている。

「そもそも、東アジアの安定を確保することで世界の平和に寄与することは、大いなる明治天皇やその偉大な考えを引き継いだ大正天皇がお立てになった遠大な構想であり、私もそれをとても大切に思っているところです。そのような考え方があるからこそ、世界各国と親しくして全ての国が共に栄えていく喜びをともにすることは、これまた日本が常に外国とお付き合いをしていく中で最も大切にしている考え方です。ところが今は不幸にして米英両国と武力衝突を生ずる状況に至っています。これは誠にやむを得なかったことなのです。米英と闘うという志など持つはずがありません」

東アジアの安定を確保することは明治天皇や大正天皇が強く望んでこられたことであり、私も重視してきたところである。諸外国と共存共栄していくことを最も大切にしてきたのはそのためである。ところが不幸にして米英と武力衝突を生ずることとなったが、もとよりそんな志はなかったところである。しかし、志とは違うことが生じたのは次の様な事情によるものである。

「中華民国政府（蒋介石政府）は、日本の外交方針の基本的な考え方を理解せぬまま分別なく抵抗を続け、東アジアの平和をかき乱して日本に武器を執らせるに至って四年あまりが経過しました。幸いにも、国民政府（汪兆銘政府）に変わりました。日本は汪兆銘政府とよき隣国としてお互いに助け合うようになったのですが、重慶に残る蒋介石政府はアメリカ及びイギリスからこっそりと助けてもらってこれに頼り、同じ中国人である汪兆銘政府とまだお互いにせめぎあっている姿勢を改めていない状況です。米英両国は蒋介石政府を支援して東アジアの混乱を助長し、『平和のため』という美名にかくれて、実はこっそりとアジアの覇権を握ろうとするけしからん考え方を持っているのです。

それだけでなく、米英両国は同盟国を誘って日本の周辺において軍備を増強して我が国に挑戦し、さらに日本の平和的な通商に対してあらゆる妨害を加え、ついに経済断交をし、日本の存立に重大な脅威を加えました。私は政府に対してこの事態を平和のうちに解決させようとし、じっと我慢をしてきましたが、米英両国はお互いに仲良くしていこうという精神はほんの少しもなく、この状態の解決を先延ばしにして、この間にかえって我が国にとっての経済上や軍事上の脅威がますます増大し、我が国に圧力をかけて従わせようとしています」

東アジアの平和を確立せんとする我が国の立場を理解しない蒋介石政府が存在し、ひそかにそれを支援する米英両国は、「平和のため」という美名に隠れてアジアの覇権を握ろうと考えてきた。それだけでなく、米英政府は日本の周辺に軍備を増強し、経済にあらゆる妨害を加え、経済断交を行ってきた。私は日本政府に平和的な解決をするための努力を求めてきたが、米英政府は平和的解決に応じようとしないばかりかさらに経済的、軍事的圧力を強めてきた。

「このように事態が推移すると、東アジアの安定に関する大日本帝国の積年の努力は水の泡となり、日本の存立も危うくなっています。事態がここまで悪くなっている日本は、いまや自存自衛のため、決意を持って一切の障害をこなごなにする（妨げを粉砕して戦いを開始する）ほかはありません。私たちには天照大御神から続く皇室の祖先や歴代天皇がいらっしゃいます。私は国民の忠誠心や武勇を信頼し、歴代天皇の遺業を世に広め、速やかに災いの根源を取り除いて、東アジアの永遠の平和を確立し、それによって我が国の栄光を護っていきたいのです」

太字の（　）は私が分かりやすくするため付け加えたものである。現代文に翻訳された加代昌広氏の文にはなかったところである。原文は誠に名文であり、随所に文学的表現が見受けられる。この戦争は自存自衛のためであり、このまま放置をすれば東アジアの平和はもとより我が国の存立そのものが危うくなる、との認識が述べられている。平和的解決の努力を行ったが、米英両国はそれをうけいれなかった。戦争はもとより好むところでないが、武力の包囲網が作られ経済断交が行われ、やむに止まれる事態となり、戦争に至ったことが述べられている。

日本が東南アジアへの進出を企て、それに対する米英オランダなどが反発していた様子をうかがうことができる。資源に乏しい日本は東南アジアへそれを求め、先に植民地化をしていた列国との摩擦が生じていたのである。日本側からすれば軍備網を張り経済断交をする米英は、平和的解決を拒否したと映り、昭和天皇の詔書に現れている。米英側から見れば日本が軍事的進出を次第に拡大してきたと感じていた。時間的経緯から言えば、東南アジアへの進出は欧米の方が先であり、日本は後塵を拝していた。「東アジアの平和のため」という日本の主張にも美名に隠れたところがあったのではないか。日本が近代化を進めるためには、石油、鉄をはじめ多くの資源が必要になり、その供給源を求める以外になかった。先進国が資源を奪い合う姿を知ることが出来る。第二次世界大戦は先に先進国になった国々と、後追いで先進国になろうとする国との資源獲得競争であったと言うこともできる。第二次世界大戦は日本が仕掛けた戦争であり、敗北によって日本だけが悪者になっているが、戦争の原因はもう少し多面的に見る必要がある。開戦の詔書によって日本の立場だけを肯定することはできないが、しかし多面的な見方の必要性を教えていることも事実である。

最後に開戦の詔書と玉音放送を比較した時、一貫した考え方を知ることができる。

国際的には「東アジアの平和のため」を基本的な考え方にしており、他国の主権を侵害することや領土を侵犯する意志は全く無いと否定していることである。植民地化したのは米英蘭の方であり日本はアジアを護るためにも立ち上がる必要があることを強調している。当時の東アジアの状況はどうであったか。植民地となり、国の主権が侵害されていたことは事実であり、天皇の言葉を信じれば主権を取り戻してやる必要があったことも間違いなかった。日本の言い分がどこまで真実であったかは分からないが、全くの逆説的なことを言っているわけではない。両方にそれ相応の言い分があったと言える。アメリカ側は石油の全面禁輸を発表したが、実際には武力に使う石油だけであり、生活面のものまで禁止はしていなかったと発表している。全面禁輸は新聞の見出しであったという。しかし、この決定が将来全面禁輸になる可能性を示唆していたと見ることができる。日本との戦争に前向きであったと言うこともできる。アメリカは直接植民地を持っていなかったと言われるが、英国やオランダなど植民地を持つ国々の背後で支援をしていたことは事実である。

読者の皆さんも、両者の主張を充分に理解されることと思われる。

昭和天皇の詔書は日本政府の現状をどこまで正しく伝えているのか、すなわち当時の政府要人が現状を天皇陛下にどこまで正確にお伝えしていたのか、そこが問題である。当時における日本政府の行動と昭和天皇の詔書の内容が一致していたのであれば、「東アジアの平和のため」という詔書の内容は現実味をおびてくる。しかし、軍部が自分たちの行動を正確に報告していなかったとすれば、日本は侵略国であると言う米英側の主張にも一理があることになる。

当時の日本政府の行動はどの程度であったか、それが歴史を決めることになる。

幾つかの戦争で勝利をした日本が朝鮮半島や台湾、樺太を日本の領土としていたことが、外国からはどの様に見られていたのであろうか。侵略国や植民地という曖昧な言葉は、見方によって違ってくる。敵視する国のことは、どの様にも呼ぶことができる。

何時の世も、戦争は相手に仕掛けられて起こったことになるようだ。敗北した方に不利な歴史が作られることも当然である。戦後、日本を統治したダグラス・マッカーサーは、日本国の議会に対して、日本が戦争をしたのは資源の少ない国であったためと説明し、侵略国という言葉は使っていない。敗戦後の日本を統治したアメリカの代表が言った言葉は大きいものがある。言葉を正確に選んでいる人も存在することを示している。

今日本では我が国を攻撃する国が現れた場合、撃たれたら撃ち返す反撃態勢だけで日本を守ることができるかどうか問題になっている。十分な攻撃の危険が予測される場合には先制攻撃も可能かどうかである。憲法上の問題もあり、簡単な問題ではないし、先に攻撃すれば日本が仕掛けた戦争であるといわれるに違いない。巨大な攻撃が行われた時には、戦争は瞬時に終わる可能性もある。それは敗北を意味する。日米安保の中身が問われるところである。

早期に外交上の問題として解決を急ぐことが求められることになる。宣戦詔書は早期の交渉が必要であることを教えている。

再び超高齢者年金を訴える

年金の必要性については今更ここで説明することを避けたい。総合的にみて日本の年金制度は優れていると世界からも注目されている。しかし問題がないわけではないのでもう一度ここで整理をしてみたい。

明治以来優秀な人材を公務員や軍人、企業従業員に集めるため医療保険や年金保険を創設した。厚生年金の始まりである。職業別に作られて居た年金制度は次第に統合され、今日の公務員や大企業で働く人を中心とした厚生年金が出来上がる。第二次世界大戦が終わり日本に新憲法が生れてから総国民の年金制度が叫ばれ現在の国民年金が設立される。昭和三六年のことであった。

先発の厚生年金と後発の国民年金を一元化する試みは何度も持たれたが、厚生年金の保険料は半額を事業主が負担していることから、自営業や農林漁業従事者は事業主が別に存在しないため、統一することは諦められてきた経緯がある。事業主負担分を国が出せば可能であったが、大きな財源が必要になり団結して叫ぶ声も無かったため実現することはなかった。

　私が厚生労働大臣を務め、一〇〇年安心の年金改革に取り組んだ時も、基礎年金の一元化は実現させたが、厚生年金は二階建て、国民年金は一階建てになり、国民年金の二階建ては実現しなかった。企業で働く人は配偶者が家庭の主婦であっても夫婦で約二〇万の年金額が出来上がっている。しかし国民年金の人は現在平均して一人五万五千円、夫婦で一一万に止まっている。国民年金夫婦は約半額であり、都市部での生活は難しい。

　更に高齢化が進み八五歳以上の生存者が六五〇万人（二〇二五年・七二〇万人）に達している。女性の平均寿命は八八歳に近づき年齢とともに貯蓄額が減少している人も多い。後期高齢者医療制度が出来上がり、介護保険も充実したが、それでも自己負担をする金額は増えている。しかも独身者は年金額も少ない。高齢者の話を聞くとここまで長生きするとは思わなかった、と言う人が多い。誰しも八〇歳後半まで生きるとは思わなかったに違いない。予想外の長生きと一人暮らしの到来と、預金の減少、少額年金の重なった人がかなり多い。厚生労働省の調査をみても、貧困層は高齢者層とひとり親世帯であり、高齢者層は月収一〇万円未満で生活している単身世帯が三七・八％、加えて貯蓄のない単身世帯が三五・六％に達し、三割が逼迫していることになっている。生活保護制度もあるが、それもままならず瀬戸際で苦しんでいる人が見受けられる。

そこで私は超高齢者年金制度を提案した。本来なら七五歳以上の後期高齢者年金制度にしたいところであるが、財源が大きくなりすぎるため八五歳以上の超高齢者年金制度に手控えたのだ。九〇歳以上の人は二二〇万人になっているのでこの五年間の間に六割の人が亡くなっていることになる。

四割の人が国保でそのうち無くなる人も多いので対象者は多いときで二〇〇万人を少し超える程度、年齢が九〇歳に近づくほど減少して一〇〇万人程度と推測される。九五歳以上は二〇万人を切るものと思われる。年金の設計にもよるが、年間二千億円から三千億円程度の財源で乗り切ることが出来るのではないか。詳しい財源は専門家に委ねるものとする。財源も国庫負担をどれだけにして保険料をどの様に集めるのか、また国民年金基金などから応援を受けるのかどうかも考える必要がある。

年金額は毎月三万円と言いたいところであるが財源もあるので二万円で辛抱できないか。年間所得の多い人や預金額の多い人に対して給付をどうするかも検討しなければならない。保険料の集め方なども関係することであり、議論の必要なところである。所得に応じて保険料を集めるのであればすべての人に給付する必要が生まれるかもしれない。年金額が二万円では少なすぎると言う指摘もあるが、国民年金と合計で一人七万から八万円になり、夫婦揃っていれば一五万円に達することになり、少ないながらもまずまずの額に達する。夫婦で四万円増えることは大きい。三万円にすることが出来るかどうかは活発な議論を重ねて欲しい。

一番大きいのは国民年金も一部とは言え二階建て年金になり、国の行う年金格差が縮小して曲がりなりにも二階建ての形を整えることである。将来さらに発展させる基礎が生まれ、二階部分を拡大することができることになる。格差是正の一歩になることが大きいのではないか。

日本は産業発展の円熟期を迎え、中小企業にも優秀な人材が必要となり、職業の別なく人材の確保が必要な時代を迎えた。先端的な宇宙開発にも街の小零細企業が参画する時代を迎えた。人工衛星の部品を作る会社から、世界でただ一社、宇宙ゴミを拾う会社まで様々である。コロナウイルスの感染が続き、次々と変異株が生まれ収まる時期が訪れない。アフターコロナの社会を予測すると、数名から一〇名前後の小零細企業が中心となって社会をリードする時代が訪れると言われている。大企業が社会をリードするのではなくて、少人数の企業が指令を出す時代になると予測されている。優秀な少人数の集団が中心になると主張する人も多い。当然のことながら、そこにも年金や医療の制度が作られる。規模から言えば国民年金や国民健康保険になるかも知れない。なかには企業の形ではなく自営業で社会のリードをするところも生れる可能性がある。自営業や小零細企業は社会の落ちこぼれ的存在ではないのだ。

言うまでもなく社会保障に対しても、職業による格差を作ってはならない時代である。二元化した年金制度の改革は、遅きに失した感がある。今、小さな一歩を踏み出す提案をした。本当は七五歳以上の「後期高齢者年金制度」を提案したいところであるが、三兆円から四兆円規模の財源を必要とすることから、一歩後退して提案したところである。今までも国民年金と厚生年金の一元化や格差是正を試みた人や団体は存在したが、巨額の財源を必要とすることから、挫折した経緯がある。民主党が政権を執ったとき、一番先に年金改革を行うと豪語していたが、三年半の任期中一度も年金改革法案を提出できなかった。計算をした結果、年々七兆円の財源を必要とし、計算しなかったことにしたと閣僚の一人が語っている。

超高齢者年金制度は年齢的には後退したが制度としては一歩前進したことに間違いないし、将来への含みを残している。一部とはいえ二階建てにした意味は大きい。超高齢者が増える時代に相応しい制度であり、長く生きる高齢者に希望を与えることになる。若者の理解が必要であるが、若者もやがてこの年齢に達する人が増えるだけに、自分たちの将来の問題と考えることが出来る。若者が将来に向けてどれだけ預金が必要であるかを考えた時、それは自分たちに跳ね返ってくる問題である。理解は可能であると考える。

二階建て年金を作るとき、一階部分をもっと高くして二階を低くすれば厚生年金と国民年金の格差はもっと小さくなったのではないかと考えられる。しかし、ご承知の通り基礎年金の財源の半分は国庫負担であり多くは消費税に頼っている。一階を高くすればその財源の国庫負担が増えることになる。それでは一階部分を保険料で賄うことを提案する人もいるだろう。月々の保険料が高くなり可処分所得が減ることになる。税金で払う方が一般庶民にとっては楽である。そして現在の国庫負担一／二が生れた。しかし、一階部分はそれほど大きくは出来なかったのだ。

消費税以外の新しい税も検討する必要がある。ロボット税の導入は考えられないか。人を雇わずロボットを導入すれば、企業の保険料負担分は削減される。その一部を税として導入し人の社会保障に使用すれば筋が通っている様に思われる。調べてみると韓国では実現しそうな雰囲気であり、ヨーロッパでも議論が始まっている。ヨーロッパでは所得税に変わるものとして検討されている。確かに人がロボットに変われば、所得を貰う人が減るので所得税も減ることになる。それを埋めるものとして議論されている。所得額も減るが保険料も減る、どう考えるかだ。将来の問題である。

どの国の年金も財源とのギリギリの勝負をしながら出来上がっている。どの国も消費税を増やし二〇％前後となっている。多くの国で平均寿命が延びるにつれて支給開始年齢を引き上げる傾向にある。日本の年金は二〇歳以上全員加入の優れた制度であり、他の国では無業者は加入しない制度になっている。

世界の年金を比較したものに、マーサーCFA協会のグローバル年金指数という比較がある。日本はかなり高いと思っていたが、この指数では三九カ国中三一位と低かった。「十分性」「持続性」「健全性」の三点から評価されているが、日本は「持続性」の評価が極端に低かった。若年者に貧困者が多く、年金未納率が増えていると見られている。国民年金の「十分性」は低いが「持続性」や「健全性」は高く評価されるべきである。財源の厳しい時代を迎えるが積立金の一年間分を残して現在の若者に対する年金に利用する計画となっている。日本は世界でトップクラスの平均寿命であるだけにその影響を受けることはやむを得ない。少子化の影響もある。

今世界でもっとも年金改革に対して問題になっているのは男女間の年金格差であり、どの様に改革を進めるかである。日本の年金制度は現役時代の所得額が低いほど年金額が増える仕組みになっており、男女の年金格差はかなり改善している筈である。もう一段年金の男女格差を縮める努力が必要かも知れない。私の主張する超高齢者年金制度を創設すれば女性の高齢者が多いだけに結果として男女格差の縮小に結びつくのではないか。

人の平均寿命は今後どこまで延びるのか。女性の平均寿命は二〇二一には八七・七四歳となり過去最高に達した。男性は八一・六四歳である。女性は限り無く八八歳に近づいている。今後さらに延長されるとすれば、生活習慣病を克服する研究が進んだ時であろう。その大きな芽が出ている。ガンから認知症から脳血管疾患や虚血性心疾患から糖尿病まで、様々な原因研究が行われてきたが、最近になって老化細胞が原因となり、慢性炎症の起こることがすべての原因であると認められることになった。この単純明快名原因の解明から、各疾患の原因が解きほぐされ、治療につながってくれば、寿命が延びることは間違いない。老化細胞を抑制することから、生活習慣病の予防にも結びつくと考えられる。平均寿命が大きく前進するかも知れない。老化細胞を除去する薬剤が開発され、ワクチンの開発が進んでいる。生活習慣病が本格的に予防される時代が訪れるかも知れない。女性の平均寿命九〇歳が夢でなくなる時代の訪れる可能性もある。そういう時代が来れば、八五歳以上の年金制度が大きな意味を持つことになる。

公的年金全体の財源が不足することは、すぐには考えにくいが、少子高齢化が計算以上に進むときには見直す必要が生まれる。五年先、一〇年先を予測して、七〇歳まで減額保険料を徴収することもあるかも知れない。七〇歳までは働く時代である。いずれにしても年金の統計は前倒しで予測のできる数字であり、早期に手を打つことが出来る・コロナの流行などが特別に起こった時、少子化は予測以上に進むことがある。その影響の保険料に出るのは二〇年先のことであるが予測可能である。日本の年金が安全で有ることだけは間違いない。

日本の年金制度は世界の中で決して下の方に所属するものではない。世界でも上位に属する制度であると確信している。安心して将来を委ねることが出来る。

さらに努力をして立派な内容にして後生に伝えなければならない。自信を持ちたいと思う。

日本に生まれて良かったと思える様な年金にしなければならない。それが世界一の平均寿命を持ち高齢社会を形成した国の努めである。

八五歳以上の超高齢者に二万円上乗せ年金を提案したが、もう少し足りないと思う人が居ることも指摘した。考えられることは医療や介護からの支援である。医療や介護を受ける機会が増え、それぞれからの支援もあるが、もう一段のバックアップは出来ないか。後期高齢者医療は一割負担であるが高額医療も存在するので、超高齢者の医療自己負担は、月額最高一万円、介護は五千円とすることにならないか。医療と介護合わせて最高一万五千円になれば、超高齢者年金二万円は大きな効果をもつことになる。年金、医療、介護の三者を結ぶことによって応援することを考えれば、それぞれにどれだけの負担増になるのか、計算の出来るところである。三万円の年金にするよりは少ない財源で済むかもしれない。財源の負担が多すぎれば、超高齢者の医療費を上限一万五千円、介護を五千円にすることも考えられる。この辺に抑えることが出来れば、老後が安心になる。二万円年金のありがたみが生れる。国としては医療で調整する方が、二年に一度の見直しがあるため、手直しの出来やすい面がある。その点年金は法律改正を伴うことがあり、簡単に改正できないこともある。見方によってはそれだけ年金改革には重みがあり、政策の柱として重要性を持つことになる。年金中心の政策体系を確立すべきと考える。

さて、「さらば米寿」で超高齢者年金制度を提案し政治家の何人かにも話をしたが、適当な返事は帰ってこない。予想であるが、反対はしないが実現に動くだけの自信はないということではないか。必ず財源問題に直面する。高齢者に財源がかかりすぎ、若者の負担が増えている。さらに高齢者につぎ込むことには抵抗がある。必要かも知れないが、今はそっとしておいてもらいたい。そんな政治家の心境ではないかと思う。

確かに高齢者には財源が必要になっており、さらに高齢化は進むことになり、必要額は増していくのも事実である。それなら医療、年金を含めて社会保障制度の枠組みを再検討する以外にない。それを行わず、高齢者間の格差をそのままにして放置してよいことにはならない。

どうしても財源がないというのであれば、年金は七〇歳からの支給にして統一する以外にない。医療の保険料も七〇歳を区切りにすべきである。雇用も七〇歳迄としそれまでの解雇は認められない。労使での話し合いを進め、五年後または一〇年後から実施するものとする。現在の政治家にこの改革を行う行動力はあるだろうか。どうしても財源を求めることができなければ、制度改革を行うのが筋である。そうしなければ、制度を持続させることはできない。日本には優れた年金制度があると世界に誇ることができない。

最後に改めて書くが、国の制度として年金の格差を放置してはならない。この問題点を忘れてはならない。これを忘れると、財源がないからやむをえないという結論になってしまう。

二〇四〇ビジョン検討委員会講演

（講演の「です、ます調」はそのままにして、横書きにしていた時の算用数字もそのまま縦書きにして採用しました。講演の生の感覚を伝えるためです）

本日は公明党の二〇四〇ビジョン検討委員会にお招きいただきありがとうございます。本来ならばそちらに出席させていただき、意見を申し上げるべきでありますが、ズーム出席でお許し頂くことになりました。石井幹事長どうぞよろしくお願いいたします。ご出席の皆さんよろしくお願いします。

早速でございますが、本論に入りたいと存じます。

ご承知の通り、二〇四〇年には団塊のジュニア世帯が六五歳以上になり高齢者の増加が懸念されています。二〇四〇年の予測では、平均寿命は男性が二・二九歳のび、女性は二・五歳のび、健康寿命は男女ともに三歳延ばしたいと政府も念願しているところです。平均寿命はべらぼうにのびる訳ではありません。二〇四〇年問題の本質は何かをみますと、高齢化すなわち二〇二〇年当時よりも二〇四〇年には六五歳以上人口が三〇〇万人増加して、三六〇〇万から三九〇〇万になりますが、それよりも支える側の人口減少が大きいことを指摘しなければなりません。

支える側の人口は一五〇〇万人ぐらい減少（二〇二〇年―二〇四〇年で一五ー六五歳人口）することになります。長期の少子化の影響で支える側の人口が減る時代を迎えたということになります。従いまして、二〇四〇年問題の本質は、支え手の不足にあると言うことができます。むしろ、二〇四〇年に向けて少子化をどうするかと言う問題に置き換えることも出来ます。

今日の話も、少子化対策をどうするかという問題から入りたいと思います。公明党として児童手当の一八歳までの延長をはじめ多くの主張をされていることは、公明新聞から拝見をいたしております。日本の少子化対策をヨーロッパの成功している国々と比較してみますと、日本の家族政策（児童手当、出産育児一時金、等）は政策規模がヨーロッパの四割程度で小さい。もう一つヨーロッパにあって日本にないのは、子育ての社会化でありますす。具体的なことを言えば限りがありませんが、端的に言えばヨーロッパにあって日本にないものは、子供は社会が育てるものという考え方であり、この根底が日本はしっかりしていない。少子化対策の数々はありますが、家族政策が少額過ぎることと子育ての社会化がヨーロッパとの違いであると考えています。

もちろん晩婚化や結婚しない人が増えているのも事実です。男性で三〇代前半が四七・一％、三〇代後半で三五％、女性では三〇代前半で三四・六％、三〇代後半で二三・九％、約三割の人が三〇代で結婚していない。

もう一つ日本の特徴として、パラサイト・シングル（基礎的生活条件を親に依存している未婚者）が男女ともに多いことです。親と同居している独身者です。住む場所も与えられ、食事をはじめ生活全般の世話を親に頼っている人です。二〇〇〇年総務省「国勢調査」、親と同居する二〇代、三〇代の未婚者は、男性六五一万、女性五六八万人。二〇一六年の総務省統計、親と同居の未婚者数（三五—四四歳）二八八万人。悪いとは言えないが、少子化に影響することは確かです。

一五歳—五九歳の二八％がパ・シ（男性三〇％、女性二六％）

二七年国勢調査、二五歳—五四歳シングルで親と同居、多い県は秋田二二・七％、新潟二二・二、青森二二・一％、下位は広島県が一七・三％、愛知県が一七・二％、神奈川県一七・一％、東京が一六・一％で一番低い。年齢的に見ると、四五—四九歳でも約一〇％の人がいる。結婚しない人の理由はさまざまであり、パラサイト・シングルの人に何を提供すれば良いのか、私も処方箋があるわけではありませんし、ましてや結婚を希望しない人への特効薬は持ち合わせていません。

岸田首相は「異次元の政策」という言葉を使いました。異次元の政策が先にあって、つけた名前ではなく、異次元という言葉が先に出来たのではないかと想像しています。

首相の考えには、額が少額すぎたという反省はあったかどうか、無かったとおもいますから、そこは正す必要があります。しかし、今までの政策では効果が少なかったという思いもあったことでしょう。私も異次元の政策が必要だと考える一人です。これまでの政策は子供が「生まれた後」の政策が中心です。しかし、「生まれる前」の政策も必要だと考えます。子供を持ちたいという熱望が湧き出る政策です。湧き水政策です。子供が生まれた後に必要な積立預金を結婚直後からすることができるようにする。金利を高くして提供する。将来子供を持つ人には優先的に雇用を提供する方法はないか。あるいは、所得税などで子育て準備期間として優遇税制を先行する方法はないか、検討に値すると考えています。皆様のご検討をお願いします。むかし雇用住宅がありましたが、「子育て住宅」を提供する、しかも子供を産みたいと希望する人には結婚後提供することはできないか、検討して貰いたいと思います。
時間に限りがありますから、高齢化問題に移りたいと思います。

高齢化問題

高齢化は予測通り進行し平均寿命は男女ともにのびております。二〇四〇年にはさらにのびると予想されますが、最初に述べましたように団塊ジュニア世帯は就職氷河期時代にも重なり、貧しい高齢者が増加する可能性があります。人口増は三〇〇万人程度です。中身は独身で貧しい高齢者が多い特徴があります。

二〇二五年における七五歳以上人口は二二〇〇万人、八五歳以上人口は七二〇万人。九〇歳以上が三〇〇万人程度となります。一人暮らし高齢者三七%、高齢者夫婦世帯が三三%併せて七〇%になります。二〇四〇年には七五歳以上人口二二四〇万人程度で微増に止まります。しかし、八五歳以上は四〇年頃最高になり一〇〇〇万人を超えることになります。四〇年には七五歳以上の人口は大きく変わることはありませんが、八五歳以上の超超高齢者が増えることになります。その後なだらかに減少します。

一人暮らしの高齢者が増え、積み立てた預金も減り、医療や介護の自己負担も増え、しかも年金の少ない人がかなりの人数になっています。この人達は貧しく厳しい毎日を送っています。若いときにはかなりの積立金を残したつもりだったが、予想以上に長生きをして気づいたときには残り少なくなっていた。思いがけない病気をして必要以上の金が必要になった。これからもいろいろの自己負担を支払う必要がある。そんな超後期高齢者が増えてきました。自分はそれほど長生きするとは思っていなかった。しかし、現実には九〇歳を超える人が増えてきましたね。

私はこの人達に八五歳からの超後期高齢者年金制度を作り、提供することを提案しています。本来なら後期高齢者医療制度にあわせて七五歳からの後期高齢者年金を出すべきところでありますが、財源の問題もあり八五歳からの国民年金に対する一部二階建て年金の形にした次第です。二階部分は三万円と言いたいところですが、財源が必要になりますので、そう簡単ではありません。とりあえず八五歳から月二万円の年金でどうか、と提案しました。これですと、年間数千億ぐらいの財源です。半分か六割程度は保険料で賄い、残りを国の財源に求めることにならないかと考えています。

ご承知のように、年金は厚生年金と国民年金の二本立てになっています。そして農林漁業や自営業者、中小企業の一部などは国民年金を選択することになっています。職業によって国民年金を選択させており、厚生年金受給者は十数万円の年金があり、国民年金受給は数万円の年金しか存在しない。平均して五万五千円です。ここから医療保険と介護保険の保険料を引きますと四万円台になります。国の制度として二本立てにしたわけですから、少ない年金の受給者には制度を改革してこの低年金者に手を差し伸べるのは当然と考えた次第です。

企業勤務者や公務員は厚生年金ですから、この人達は国民年金のことは無関心です。政党もその人達の支援を受けるところは取り上げません。それではどこが取り上げるのか、取り上げる政党は公明党以外にありません。国民年金が制度として不公平であることを取り上げてくれるところはありません。

国会議員はじめ地方議員も国民年金です。厚生年金のない人は将来国民年金になるわけです。多くの預貯金を残すことができればよろしいが、公明党の地方議員ではそれも困難です。将来どうするのですか。考えてやる必要があります。国会議員をしていた人で生活保護を受けている人が何十人もいますよ。皆さんも人ごとではありません。ご検討ください。

少子化対策の効果が生まれなかった時にどうするか

もろもろの少子化対策を行い、一〇年単位で結果が出なかった時、国としてどうするのか。日本を滅亡させることはできない。同一民族国家を乗り越えて、移民を緩やかにすることを検討するのかどうかです。ここは微妙な問題で、他民族の導入を認めないという人もいます。しかし、子供を産む、産まないは個人の自由であり、産まないという人が多くなることも無いとはいえない。

二〇四〇年には働く人が減少することは明白です。その時、国内経済は破綻しかねない。AIやロボットで間に合わない場合があります。特に介護などは人の温もりが必要です。今でも介護をしてくれる人が少ないのですから、二〇年先には完全に不足します。外国人の問題は避けて通れないところまで来ています。移民問題を議論することも少子化対策になるかもしれません。

民族問題としてではなく、経済問題として、人手不足をどうするのか、四〇年のことを議論することです。人手不足が起こるということは消費者が減ることですから、GDPが低下し始めます。経済が縮小し、税収が減り、社会保障が危うくなります。今まで民族問題はあまり国会でも議論されたことはないと思いますが、もう議論を避けられない時期に来ていると言えます。是非お願いしたいと思います。

（単一民族国家は存在しないが、同一民族国家は存在する。同一民族が九五％以上を占める国家をいい、日本、韓国、アルマニア、ポーランド、チェコなどが含まれる。）

ベーシック・サービス

井出教授のこの説に、基本的には賛同したいと思いますが、問題点も多々あると思っています。私は一九七二年（昭和四七年）の一二月に初当選しましたが、その翌年一九七三年に田中角栄内閣でありましたが、老人医療費の無料化を行いました。すると何が起こったかといいますと、病院の待合室が高齢者のサロン化しました。そして医療費の高騰を招きました。そのため無料化を元に戻して有料化にした経緯があります。高齢者もどんどん病院に行く、医者の方もいろいろの検査をする、薬を出す、医療費の額はだんだん大きくなりました。サービスを無料化すれば、人間の考え方も立派になって行くとは考えにくい。「必要な人しか使わないから低コストになる」と井出先生は言われますが、そこはそんなに旨く行くのだろうか、と私は心配します。それを正そうとすると、あれをしてはいけない、これをしてはいけない、条件をつけなければならない。条件が多く付くと使いにくい、以前の方が良かったということになってしまう。ここは難しいところであり、立派な人間の顔をした人ばかり揃っていない。仏界や菩薩界の人ばかりいると信頼をしてベーシック・サービスを行うことは危険でないかと私は心配します。

井出先生にお聞きをしましたら、人間は信頼をして制度を作るべきで、悪いことを前提にしてつくるべきでない、とのことでした。悪いことをするわけではありませんが、制度を作る以上どのような人の行動が起こるかを考えるべきであり、必ずしも経費を節減できるかどうか、心配をする一人です。

ベーシック・サービスを実現できるとしても、部分的に、段階的に行う以外にないと思います。

パーシャル・ベーシック・サービスなら可能性はあると思います。

医療・介護をどうするか

二〇四〇年、社会保障費一九〇兆と言われていますが、その中身は年金、医療がそれぞれ七〇兆、介護が二五兆、子育てが一五兆、介護と子育てで四〇兆、その他一〇兆で一九〇兆です。この中で医療・介護の伸びが一番大きい訳です。二〇二五年の医療費五八兆、四〇年六八兆に押さえられるか、と言われています。前期高齢者が三倍、後期高齢者は五倍の医療費がかかっています。

二〇一五年と二〇二五年の比較では、年金が五五兆から六〇兆、医療が三八兆から五六兆、介護が九兆から二〇兆です。

医療は生活習慣病が中心であり、最近医療の進歩もあり、入院の必要がない段階で治療することが可能になっており、基幹病院は整理統合できる段階にきています。大々的に統合していくべきです。一方で民間を含めて地域包括型病院と私は読んでいますが、介護を組み合わせた一般的な病気の治療を行うようにする。基幹病院と地域包括型病院で役割分担を決めて治療をおこなうようにします。

診療報酬の基準を明確にして、抜本的改革を行う。今までも何度か提案されてきたが、実現してこなかったので、今度は明確にする。保険点数の基準を明確にすることには厚生労働省も賛成しないところがあります、それは保険点数で医療費を上げたり下げたり、医療機関の行動を左右したいからです。法律を変えるのは手間暇がかかりますし、反対も多いので実現しにくい。医師会など医療機関も点数の基準が明確になると都合が悪いので反対をして実現しにくいところもあります。

医療費自己負担は三割負担だと言うけれども、高額療養費制度があり、国民医療費を総額で見たとき、患者負担は一一・八％ぐらいであった。（平成末期まで）。平成三〇年度から改正になりましたから、多少はあがったと思いますが、一五％までは行っていない、一三％ぐらいではないかと思います。ですから、高額療養費制度をもう少し引き上げることは可能であると思います。私なども自己負担は三割負担ですが、高額療養費でずいぶん多くの額が返ってきます。税額控除としてもかえりますので、総額としては大きな額になると思います。

それから新しい治療法がガンや認知症をはじめ生活習慣病全体がいろいろ生まれています。しかし医療機関は診療報酬として認められていない治療を行うことができません。保険を取り扱わない自由診療の病院にするか保険を取り扱う病院にするか、二選択をもとめられることになります。患者の側からすれば、これで良くなったという人が居ても、それを医療機関に依頼することができません。ガン治療に免疫治療が良かったという人がいた。私もお願いしたいといっても、普通の病院では受けることができません。自由診療の医療機関を探して別の医療機関で治療を受けなければなりません。患者中心の医療にはなっていません。また、保険が適用される医療薬品にするには莫大な財源が必要になります。時間も一〇年単位の期間が要求されます。日本ではなかなか新しい薬を得ることができないのが現状です。東京では新しい治療の試みをする自由診療の医療機関がかなり出来てきました。再生医療など最先端の医療を行うところもあります。例えば、糖尿病の再生医療を行うところがあります。ところが高額で私など手がでません。患者中心の医療にするため、保険外も一部認めることはできないか、ご検討をいただきたいのです。

最後に医学研究に対する投資をお願いしたいと思います。

最近新しい研究結果が次々とでています。人間の体には老化細胞という細胞が生まれています。細胞分裂を五〇回繰り返してもう分裂出来なくなった細胞です。破壊されるのが普通ですが、この老化細胞はそのまま分裂もせず死亡することもなくしばらく体内に残っていますが、その間に炎症性サイトカインというタンパク質を分泌して体内のいろいろの細胞に慢性炎症を起こすことが分かってきました。この慢性炎症がすべての生活習慣病になることが分かってきました。ガンも起こりますし、認知症も起こりますし、糖尿病も起これば、脳梗塞も心筋梗塞もすべての成人病が起こります。老化細胞がもとで慢性炎症を起こしてすべての生活習慣病の原因になることが分かったのです。またこの悪さをする老化細胞をなくする薬も開発されつつありますし、ワクチンも開発されています。いままで、それぞれの病気についてそれぞれの原因が研究されていましたが、原因は一つだと言うことが分かってきたのです。こういうところに研究費をつぎ込むべきです。研究費の出し方も検討をして貰いたいと思います。

以上述べましたように、医療費の見直しには、公的病院も含め基幹病院のあり方、地域の医療体制の見直しを行い、診療報酬、保険点数の無駄を省き基準を明確にします。高額療養費制度の見直しを行い、所得のある人には応分の負担をお願いすることにします。保険外の問題も今述べた通りです。皆さんでよく検討してください。

最後に皆さんに言葉をひとつお贈りしたいと思います。

磊々たる人物へ。石を三つ重ねた字は「らい」と読み、「らいらいたる人物へ」です。心を広く持ち、小さなことにくよくよしない人物、という意味であります。立派な政治家には、このような心の持ち方が大切ではないかと考えています。

ご静聴ありがとうございました。

第二章

長寿と健康問題を語る

老化細胞とは何物か

人間だけではない。すべての生物は老化するといって大きな間違いはない。加齢と老化は同じでないと多くの書物に書かれている。加齢は生れてからの時間的経過であり、同じ年に生まれた人は二〇年後も四〇年後も同じである。しかし老化は個人差があり、同級会でも若く見える人、老けて見える人があり、体の内部においても差が認められる。なぜ老化するかについては、諸説はあるが本当はどうなのか良く分かっていないと言ったほうが正確であるらしい。

生物学者のストレーラーは老化現象には四つの原則があると述べている。一つは「普遍性」であり、生あるものすべてに共通して起こる。二つ目は「内因性」であり、個体に内在するもので起こる。三つ目は「有害性」であり、老化によって生ずる現象は生物に有害である。四つ目は「進行性」であり、老化は一度始まると元に戻ることはない。（ウィキペディアによる）

他の項にも書いたが、なぜ老化するかについて、この数年研究が進み、慢性炎症と老化細胞が取り上げられるようになった。人間は各種臓器の機能低下により死に至る。その機能低下をおこす原因には色々あるが、生活習慣病によって起こるものが大きなウエイトを占めていると言って良い。その生活習慣病の原因についてはそれぞれに様々な研究がなされてきた。しかし、最近になって、癌も脳動脈硬化症も認知症も糖尿病も、すべて高齢化とともに起こる病気は、根っこは一つであることが解明されてきた。

それが慢性炎症である。急性の炎症は体が菌やウイルスに罹患したとき、化学的刺激を受けたときなど、発熱、発赤、腫脹、疼痛の四徴候が現れるので、一般に知られている。しかし、慢性炎症は「くすぶり型」の炎症と言われ、細菌などの外部からの原因ではなく、内因性の原因で生じるものである。老化すると老化細胞が増えるが、この老化細胞からでる物質で慢性炎症が起こり、さらに老化する。老化すると老化細胞が増えてさらに慢性炎症起こる、という悪循環に陥る。老化が慢性炎症を起こし、様々な生活習慣病を発生させ、現在あるものを悪化させる。臓器の機能低下が起こり老化はさらに促進する。太っている時は内臓脂肪の脂肪細胞も原因物質となる。お腹の回りが男性八六センチ、女性九〇センチ、一つの目安である。精神的なストレスも慢性炎症の原因となる。継続的なストレスは特に要注意である。世界の人の五人に三人は生活習慣病で亡くなるという。

肥満やストレスは解決への対策が立てられるけれども、老化そのものは避ける事ができないし、老化細胞を減らすことも難しい。老化細胞とは五〇回の細胞分裂を繰り返し、これ以上分裂出来なくなった細胞である。神経細胞や心筋細胞のように分裂しない細胞もあるが、人間の一般的な細胞は五〇回の細胞分裂が限界とされている。細胞分裂が出来なくなった細胞は、自滅するか免疫細胞のマクロファージに処理されるのが普通である。しかし、老化細胞には生き残るものが多く、蓄積されていると言われる。これが炎症性サイトカインというタンパク質を分泌し、慢性炎症を引き起こす。そして、様々な生活習慣病を発生させる。老化はやむを得ない事、寿命に向けた最終コースであると諦められていたのだ。人間もいつかは死ななければならない。老化の原因を研究する学者にも、こんな諦めの気持ちがあったにちがいない。しかし、免疫の研究が進む中で老化細胞から分泌される物質が慢性炎症を起こし、成人病に結びついていくことが明らかになってきた。東京大学医学部で研究は勧められ、老化細胞を除去する薬剤の開発が行われることになり、順天堂大学では老化細胞除去にワクチン療法が開発されている。この分野の研究が急速に進むことになり、老化は延長できるという夢物語が現実味をおびてきた。現段階でも、今まで一二〇歳までと言われていた人間の寿命が、一三〇歳までは可能と言われるようになった。老化細胞を取り除く薬剤の開発やワクチン療法が進めば、後数年で実用化されることは現実になってきた。それが癌や認知症、糖尿病などの治療にどう結びついていくのか、研究の興味が持たれている。

老化は避けることの出来ない自然現象であるという考えから、老化は病気であると言う考え方になり、治療対象になる時代へと変化しつつある。健康な百寿者を増やすことができる社会が到来することになる。動物のゾウは老化細胞が出来る前に処理されて老化細胞が蓄積しないし、ゾウには癌ができないのはご存じだろうか。長生きである。人間も老化細胞を減少できれば癌の発生率を低下させることが出来るだろう。しかし百寿者は老化細胞だけでなく、どの様な環境で生きるかによっても長寿に影響する。何を食べるかにもよるが、どんな精神的生活をするかも影響している。慶応大学の新井医師によれば、百寿者に共通している性格は「負けず嫌い、前向き、誠実、好奇心」の持ち主であるという。百寿者は総合的なもので生れることは忘れてはならない。

老化細胞は六〇年前に存在していることが発見されていたが、どの臓器にどれだけ存在するかは分かっていなかった。しかし、東京大学での研究により、遺伝子から細胞レベルで、どの臓器にどれだけ蓄積されているかが分かるようになり、高齢とともに各臓器すべてに存在し、半減期は二～四か月であることも判明した。マウスでの実験であるが、老化細胞を除去すると罹患していた疾病が軽快することも確かめられている。希望の持てる結果がえられているのだ。さらに先にも書いたが、順天堂大学のワクチン療法も研究が進み、競争する中で一〇年以内には実用化されると思われる。

ガンが予防または治療され、脳血管、心臓血管の動脈硬化が治療、予防されたら、死亡率は大きく低下することは間違いなく、平均寿命は大幅に延びることになる。認知症が無くなり、リウマチなどの痛みが無くなれば、豊かな老後が訪れるにちがいない。その時、人は病気の予防に心掛け、食事や飲み物に節度をわきまえ、ストレスを回避することができるだろうか。生活習慣病を治すことが出来れば、何を食べても良い、何を飲んでも良いと言うことになりはしないか。やりたいことをして、一本の注射で治してくれ、と言うことになれば元通りである。治療法が確立すれば、一層節度をわきまえる必要がある。

老化細胞の背後にあるのが慢性炎症であり、急性のように外敵や外部からの刺激によって起こるものではなく、体内の因子によって静かにくすぶる様に継続して起こるものである。慢性炎症があるときでも症状のない事があり、知らずに進行していることが多い。炎症を知らせる炎症マーカーは一〇種類ほどあげられ、それを調べることによって慢性炎症があるかどうか判断することができる。このほか、もっとも分かりやすいマーカーとして、一般的な血液検査の中にあるＣＲＰという検査であり、百寿者にはこの値が高い人はいない。

慢性炎症が起こりやすくなるのには三つの理由があると言われている。一つは免疫力の低下であり、細胞の食べ残しができる。二つ目は全身の老化であり、老化細胞の増加がある。三つ目は全身の変化であり、脂肪の蓄積により炎症を誘導する。老化細胞が増えるような体の変化があって、慢性炎症が起こりやすくなり、成人病が多発して老化する。

長生きは遺伝ではないかと主張する人がいる。南デンマーク大學のカール・クリスチャンセンの研究によると、「遺伝的要因」と「環境要因」に分けて研究すると、『遺伝的要因』二五％、「環境要因」七五％であったという。

百寿者（センテナリアン）には食生活に特徴があることも分かっている。慶応大学の調査によると、百寿者は魚を積極的に摂取している。魚には「オメガ三」と呼ばれる「不飽和脂肪酸」が多く含まれており、これが慢性炎症対策のポイントになっている。サバなどに豊富に含まれる「ＥＰＡ」「ＤＨＡ」が多く、慢性炎症を抑制する働きがある。オメガ三系の脂質は、血液中のコレステロールや中性脂肪を調整する。自立している百寿者にはＥＰＡ、ＤＨＡ濃度が高いことが分かっている。肉類や豆類の摂取も多く、タンパク質をしっかりとることで、炎症に負けない体を作っている。ポリフェノールを含んだものも良い。いちばん多く含んでいるのはコーヒーであり、日本人はコーヒーから多く摂取している。ブドウにも多く含まれている。細胞に炎症を起こす活性酸素を抑えてくれることになる。傷んだ細胞を修復する作用のある亜鉛を摂取することも重要であり、豚レバー、カキ(貝)、ウナギ、アーモンドなどに多く含まれる。

慢性炎症を抑える食品として発酵食品やキノコ類が注目されている。納豆、味噌汁などの和食が奨励されている。塩分に注意が必要であるが、味噌汁は良い。

飽食の時代を迎え二三〇〇万人が肥満と言われ、いわゆる隠れ肥満の人を含めるとさらに増える可能性がある。肥満の人は脂肪細胞から放出される炎症物質によって慢性炎症が起こり、生活習慣病へと連結される。カロリーが多くなると脂肪細胞は肥満化し、さらに脂肪細胞を増やすことになり、肥大化と総数の両方が進み、さらに肥満となる。低カロリー食が勧められる。高齢者は筋力の低下もあり痩せることが多い。体力を維持するためにも高カロリーのものを摂取することが増える。気持ちとしてはその方が安心の様に思う。しかし、慢性炎症を抑えるためには低カロリーが勧められるのだ。

運動をどうするかである。高齢者は脚力が低下し、歩かなくなることが多い。しかし、下半身には体全体の七割に当たる筋肉が集まっている。歩く事により成長ホルモンが分泌され、血圧は低下することになる。一〇分ずつ三回でも良い一日三〇分程度の運動を心掛けるべきである。安易に車椅子の生活になるのを避けてほしい。一度車椅子に乗ってしまうと、歩く事ができなくなり、脚力が弱くなってしまう。年齢とともに筋力が低下するので、毎日歩き続けることが大事である。

酒とタバコはどうか。はじめに書いておくが、両方とも慢性炎症を悪化させるものである。酒は、百薬の長という言葉もあるが、それは適量の話しであり、適量で収まることは少ない。飲み過ぎると肝臓をいためため、慢性炎症の原因となる。タバコに適量はない。動脈硬化症などの慢性炎症を促進させる。

精神的なストレスも慢性炎症を促進させることになる。毎日朗らかに過ごす事が大切であり、趣味を生かし、若いときに出来なかったことを行う。子供や孫たちのために何かを行う。好きな友達に手紙を書く。体に良いことを調べて友人に知らせる。そんな生活を模索して、ストレスのない生活を送る。

食べるものも飲む物も、あれは良くないこれは良くないと言うものばかりでは面白くない。パソコンで高齢者が好む食材十傑から、慢性炎症と関係のないものを探してみる。落花生などは良い食物ではないかと思う。糖分のある物や塩分のある物は、量を少なくする工夫が大事である。高齢者の好むトップクラスに小さい羊羹の詰め合わせがある。甘さは抑えてあるし、量が少ないので弊害は少ないと思われる。

今まで生活習慣病のそれぞれについては研究もされ、その原因と思われる内容も明らかにされてきた。しかし最近になって、それらを大くくりにした、もう一つ根っこにある原因が明らかになり、それが慢性炎症であり、その奥には老化細胞のあることが分かってきた。生活習慣病は多彩な内容であるが、原因は単純明快な一つの根から出ていることであったのだ。病気の原因については、難しい理論が展開されているが、老化細胞という分裂出来なくなった細胞の分泌物が元締めであった。多くの研究者は驚いたに違いない。

私の様に研究の現場を離れて久しい者には、青天の霹靂であり、世の中は単純明快であると思えた。この根幹を見つけた研究者は凄いと思った。興奮のあまり、暫く眠れなかったのではないか。書物を読んで事実を知った私ですら、その夜は眠れなかった。それほど大きな発見であり、あまりにも明快であり過ぎた。さらなる研究で、個々の疾病が快復する様子を想像したとき、それは夏の積乱雲がひとつひとつ消えて快晴になっていく空をみている思いであった。天にわかに雲を失い、青空の色合い眼にしみる。こんな晴天があって良いのか、そう思う日が来るように感じた。

　老化細胞という分裂の出来ない生涯を終えた細胞が、なにゆえ炎症性サイトカインを出すのであろうか。炎症を促進するという悪い面だけではなくて、もっと体に良い影響を与える作用もあるのではないかと考えられている。多分それは免疫と関連して、炎症を抑えて体を護る働きと関係しているものと思われる。マウスの研究で、老化細胞を完全に取り除いてしまうと、そのマウスは死亡するとの報告もあるようだ。老化細胞がすぐに体から排除されずに暫く生き続けるのは、まだ分かっていないがそれなりの意味があるのかも知れない。現在のところは、炎症性サイトカインというタンパク質を出して、慢性炎症を起こすという悪い面だけが明らかにされている。今後の研究を待ちたい。

自分と自分でないものとの区別はどうしているか

人間は昔から一度伝染病にかかると次にはこの病気にかかりにくくなる事を経験的に知っていた。この「疫病から免れる」ことを免疫という言葉で表現してきた。細菌やウイルスなど自分でないものが体に入ってきた時には、それを除去する仕組みが出来ているのである。この仕組みは微生物だけでなく、タンパク質などの異物にも起こる事が明らかになっている。この免疫という反応は、自分と自分でないものとの区別をどこでしているのかが問題になってくる。自己と非自己の区別はT細胞という白血球がしていることが分かってきた。非自己といっても、魚や肉を食べても起こるわけではない。食べ物は消化管の中で体の外部であり、内部に入ってきたわけではない。血液の中に異物が入ってくれば、それは非自己として区別される。ヒトではＨＬＡ（ヒト白血球抗原）と呼ばれるものが体中の細胞にあり、これを目印にして自己、非自己を区別している。その役割を担っているのがT細胞ということになる。人間が生きて行く上で重要な仕事を受け持っていることになり、T細胞が体の中に居なくなれば、人間は生きて行けない。そんな大事な仕事を、白血球の中のリンパ球、そのまた中のT細胞に委ねているのだろうか。

T細胞とはいったい何物なのか、もう少し調べてみることにしよう。もとをただすと骨髄の造血幹細胞から生れているが、リンパ芽球に分化し、それが胸腺（ＴｈｙｍｕＳ）に移動して、さらに分化したものがT細胞である。分かりやすく言うと、生まれは骨髄であり、幼いときに胸腺に預けられ、兄弟と別れて成人したものである。胸腺に預けられたため、その横文字のT細胞と名付けられた。

このT細胞の表面にはT細胞抗原受容体（ＴＣＲ）という物質が出来ていて、これによって外部から入ってきた異物を認識している。一つ一つのT細胞はそれぞれの異物、菌、ウイルスなどを識別できる抗原受容体を持っていて、どんな異物が入ってきても対応出来るようになっている。ただし初めて入ってきた異物には、抗原受容体がT細胞に出来ていないため撃退することができない。二回目からは撃破できることになる。病気毎に違った武器をもったT細胞ができることになるのだ。相手によって武器を変える、防衛力、攻撃力、これにまさる作戦は見当たらない。折から国際的にはロシア軍によるウクライナ侵攻があり、一進一退が続いている。ロシア軍の一方的な勝利ではないかと思われていたが、予想に反してウクライナ軍の善戦が続いている。米欧からの武器支援が相次ぎ、地域やロシア軍の作戦に対抗して、必要な武器を導入していることに善戦の源があると言われている。敵に合わせた武器を使うウクライナ軍の指揮は米欧の軍隊が執っていると言って良い。病気毎に違った武器を使うT細胞と相通じるところがある。

T細胞はその持っている能力によって、ヘルパーT細胞とキラーT細胞に別れている。ヘルパーT細胞はキラーT細胞やB細胞など免疫に関係する他の細胞に命令を出す役割を持つ。T細胞の主な役割は、細菌やウイルスに感染した細胞を処理することであり、キラーT細胞にこんな菌が入ってきたから仲間を増やして殺害せよ、と命令を出す。また別のB細胞にはこの菌を殺害する武器を製造しろ、と命令を出す。ヘルパーTは免疫の司令塔の役割を果たすことになる。B細胞もリンパ球の一種で骨髄細胞から作られたもの、ヘルパーT細胞から命令を受けて侵入してきた菌やウイルスと戦う抗体という武器を製造する。

またその微生物を記憶して置いて再び入ってきた時には直ちに闘いを開始する。そんな役割の細胞である。この他、重要なものにNK細胞というリンパ球もある。この細胞は生まれた時から血液中に存在し、微生物や癌細胞と闘い死滅させる能力を持った細胞である。他の細胞から命令を受けて闘うのではなくて、最初から異物を発見して闘いを開始する細胞である。

私たちの体は、自分と自分でないものを見分けて、自分でないものを排除する能力を持っている。その役割は常に体中を流れている血液に委ねており、血液の中の白血球、その中のリンパ球がその任務に当たっているのだ。異物は何時どこから入ってくるか分からない。したがって体中を循環している血液に委ねているのは妥当なことだと思われる。そして自分でないものの見分けは専門の任務を持った細胞を作り、その任に当たらせている。人間が微生物と闘い生存を続けられるのは、このような仕組みができているからである。私たちはこれを免疫力と呼んでいる。この免疫力は年齢とともに低下し、六五歳を超えると若いときの一〇分の一程度になってしまう。免疫力を上げるように努力しなければならない。

普通の生活の中で、私たちは自分と自分でないものに区別しなければならないことに遭遇しているのであろうか。身体的には区別は明白であり、間違うことはない。問題は精神面である。この考えは自分のものなのか、それとも人のものなのか、人のものでも自分のものとして発言するのか、明らかにしておく必要がある。厚生労働大臣を拝命している時の二〇〇一年五月一一日、私は熊本地裁によるハンセン病訴訟に直面し、国は敗訴した。控訴をするか控訴断念をするか、二週間のうちに決めなければならなかった。この年の一月松の内、厚生省の元局長であった大谷藤郎氏が大臣室を訪れ、控訴断念の筋書きを訴えた。国の政策は間違いであったし、国の敗訴は間違いないと予言した。私はその後ハンセン病政策に対する研究を重ね、隔離政策は間違いであったという見解を持つに至った。そして迎えた熊本地裁での敗訴であったのだ。

しかし、法務省や厚生労働省の役人は控訴に傾き、控訴断念の私と意見は割れた。私は自分に問い直した。控訴断念は大谷氏の意見なのか私の意見そのものなのか。自分の意見として最後まで主張できるか、単なる借り物の意見ではないのか。自分自身なのか、自分に見えるが本当は借り物に過ぎないのではないか、何度も反芻した。

隔離政策は間違いで、控訴断念が筋である。間違いなくこの意見は自分自身である、との結論にいたった。辞表を懐に入れて、小泉総理との最終会談に臨むことになる。結論は控訴断念、私の意見は成立した。

私が献血運動に専念しているとき、一人の政治家が現れた。石田幸四郎氏、後に公明党委員長になる人であった。

「次の衆議院選挙に立候補する人を探していましてね。公明党は今までと違って宗教色のない人を候補者に選ぶことになりましてね」

「そうですか、いい人が見つかりましたか」

「坂口さんの様な人が政治には必要なのですが」

石田氏はズバリと切り込んだ。想像もしていないことであったし、驚きながら私は応えた。

「私はダメですね。政治家にだけはなるなと言うのが母の遺言でしてね」

石田氏は豪快にわらってから、ズバッと切り出した。

「坂口さん、その遺言を破って衆議院選挙に立候補してくれませんかね」

「それは……」ダメですと言いかけたとき、

「今日ここで返事を貰うつもりはありません。一度考えておいてくれませんか」

石田氏はまたお邪魔します、と言って席をたった。

私は藤田学園にできる医学部の公衆衛生助教授に内定していたし、家族も政治の世界に出ることは反対が多く、石田氏には正式に断ることにした。

しかし、石田氏は簡単に引き下がらなかった。電話が入る。

「君がためらうのは良く分かる・最初から政治のわかっているものはいないんだよ。坂口君が献血に捧げた情熱こそ、今の政治に必要なのだ。医学を捨てよ、とはいわない。むしろ、これまで以上に医学に取り組んでほしい。現在の医学に予防医学は不在だ。政治家の中に予防医学にたいする認識のある者がいないことも原因している」

石田氏は受話器の向こうで切々と訴える。

「坂口君が働く場はいくつもある。君自身で研究するか、研究できる制度を確立して多くの学者に研究させるか、の違いだ。坂口君も、献血制度をさらに充実させたものにすることができる」

献血の充実を言われると私の血は踊った。私の心の中に、政治への関心が次第に高まっていくのを感じていた。新聞紙上に私の名前が載るようになり、私は石田氏にすべてを任せることになっていく。

決断するときが来た。

政治家になるのは自分の意志かどうか、何度も問い返すことになる。自分と自分でないものとの区別に直面する。自分でないものは排除しなければならない。政治の道を選ぶことが自分のものであると認識するにはかなりの時間を必要とした。私の人生の中で最大の転換であり、それだけに決断には時間を要した。自分のものかどうかの見分けも難しかった。

国際社会においても、ロシアはウクライナに突然侵攻した。今まで中立的な立場をとってきたスウェーデンとフインランドはＮＡＴＯへの加盟を表明した。ロシアという外敵はいつ襲いかかってくるかもしれない。中立という曖昧な態度は捨てて、自分はヨーロッパの一員であることを明確にしたのである。自分の立ち位置を明確にすることによって、非自己とはどこの国かも明確にしたのである。端的に言えばロシアは非自己であることをはっきり示したことになる。ロシアのプーチン大統領はＮＡＴＯの拡大を恐れてきたが、自身の行動によって、皮肉にもＮＡＴＯを拡大することになってしまったのだ。日本もまた、米欧と歩調を揃え、ロシアを非自己と位置づけた。賢明な策であったと思う。

自分の立場が不鮮明であると、非自己もまた不鮮明になる。日本はアメリカの傘の下に入っている以上、曖昧な外交態度は改め、自己と非自己の立場を鮮明にする必要があると考える。

私たちの体は、Ｔ細胞という特別な任務を持った細胞を持つことにより、非自己を明確にして、徹底的に排除している。体の中で発生した腫瘍は、時には自己の様な振りをすることもあり、難しい任務を委ねられていると言って良い。

エイズという病気がある。今日本では感染者二万人、患者数一万人、合計三万人の罹患者がいると言われる。ＨＩＶとも言われ、後天性免疫不全症候群とも言われている。性病の一つであり、感染後五年から一〇年の間無症状の潜伏期間が存在する。エイズウイルスが免疫細胞について破壊し、免疫細胞が死滅することから免疫機能が低下する病気である。血管内皮細胞に障害がおよび、脳血管疾患や虚血性心疾患を誘発する可能性がある。

ウイルスに罹患して潜伏期間が五年から一〇年という長期間の疾病はほかに例を見ない。せいぜい五日前後である。コロナウイルスでは地域や時期によって、潜伏期間の長い例も報告されているが、一〇日から二〇日位である。

自己と非自己を区別する役割を持ったＴ細胞がエイズウイルスに感染し、破壊されることになる。病気の中にはそんな恐ろしい病気もあり、人間は生きて行くことができなくなるのだ。免疫細胞という特殊な任務を持った細胞の存在すること事態が不思議なのに、この細胞だけを狙い撃ちするウイルスが存在することは、さらに重ねて不思議なことである。微生物の世界は想像以上に複雑であり、微妙な生存競争になっている。

人間は内部の構造も繊細に作られているが、外部との闘いも繊細なレベルになっていることが分かる。治療薬はさらにこれを乗り越えるものでなければならず、良い医薬品が生れにくい理由も理解できる。老化細胞や慢性炎症のように単純明快に動いている部分がある反面、免疫は複雑であり単純な動きではない。時間が経過して単純に割り切れる時が来るのであろうか。免疫の動きは日々、次第に複雑な動きが解明されるばかりであり、現在のところ単純化されていく気配はない。

Ｔ細胞はその名の通り胸腺から生れ、胸腺が年齢とともに萎縮していくので、Ｔ細胞も新しくは生れなくなると考えられてきたが、最近になって必要なＴ細胞は高齢になっても増加していることが判明してきた。リンパ球の七〇―八〇％をＴ細胞が占め、胸腺から生れず別のルートで分化成熟するＴ細胞の存在が明らかになってきた。

高齢になった時、自己と非自己の区別は重要であり、非自己を排除することは生命維持のために必要なことである。肉体的にも外出する機会が少なくなり、非自己との接点は減少する。精神的にもストレスは減り穏やかな日々が多い。生存力を高めるためのリハビリをする中で、体力、気力の維持向上に努めれば非自己を排除する能力も持続することが出来る。自分でないものがすべて悪いものでなく、ためになるものも存在する。自分の生存に役立つものを吸い上げ、高齢化に備える必要がある。自分と自分でないものの区別ではなく、自分に役立つものとそうでないものとの区別が大事になる。今後この分野の研究が進むものと思われる。

医学、医療は今後どこまで延びるのか

百寿以上の百寿者が今後どこまで増えるかは、個人の健康への心得にもよるが、医学、医療のこれからの発展によるところが大きい。この分野も発展する、あの分野も進歩する、そう思われるところが増えてきているのは頼もしい。先に書いた老化細胞、慢性炎症のところは医学研究から臨床段階に向かい、生活習慣病の予防に威力を発揮することは間違いない。しかし、一度起こしてしまった病気を治療するためにどの様な分野が前進するか、楽しみであり、期待されるところである。

その一つに再生医療があることは間違いない。私はある医師に出会い、糖尿病の良い薬はないか聞いたところ、その医師は「私は糖尿病を治しました」とケロリと答える。「どんな薬ですか」と尋ねた返事は「再生医療です」という答えであった。HbA一c基準値が一〇・〇以上あり足の小指が化膿して切断したという。このHbA一cの正常値は六・〇以下であり重症であったと言える。自分の腹部からわずかの脂肪組織をとり、それから間葉系幹細胞をとり、培養して自己注射をしたという。二回の注射でインシュリンの分泌が始まり、薬剤から解放されたという。

「それ、本当ですか？」

私は思わず念押しをした。

「自分のことですから、事実です」「しかし、お金がかかりすぎましたので、一般の人が受けられる値段にしたいと努力中です」

「ぜひ、お願い致します。私が受けられる値段で是非おねがいします」

この先生の受けられた値段については聞かなかったが、一回の注射が一〇〇万の単位ではなく一〇〇〇万の単位ではないかと想像された。私の手の届く治療ではなく、今後の努力が必要であることが分かった。私は国会議員を辞める前に、再生医療の法案を通過させたと記憶している。みんなの手が届く医療にしなければならない。

間葉系幹細胞は脂肪組織から簡単に取り、培養することができる。億単位にして体に戻す。脳血管疾患や虚血性心疾患にも治療がすすめられ、新鮮な疾患には多くの効果が出ているようである。脳梗塞などの後遺症で苦しんでいる人は多く存在する。これらの人にどれほど恩恵を与えることができるか、その人たちの人生を考えると計り知れないものがある。

幹細胞には山中伸弥博士のＩＰＳ細胞（多能性幹細胞）と間葉系幹細胞の両方があり、

それぞれ特徴がある。ＩＰＳ細胞はノーベル賞で脚光を浴びたが、まだ研究途上にあり、用いた細胞ががん化する恐れがあるなど解決すべき問題が残っている。しかし、どんな細胞にも分化する特徴があり、将来への期待は大きい。それに比較して間葉系幹細胞は骨、脂肪組織、皮膚などに存在し容易に採取することができ、腫瘍化のおそれもすくなく、培養技術も進んでいる。肝細胞や神経細胞にも分化することが判明し、用途は拡大している。間葉系幹細胞には免疫調整機能があるため移植しても拒否反応が起きない。間葉系の方の治療はどんどん進み、脊髄損傷や脳梗塞にも用いられ、もちろん骨、軟骨組織や皮膚組織には治療実績が高い。ある程度時間が経過した（陳旧性の）病気にも治療が可能になれば、大きな治療範囲に拡大することになるだろう。

私は二年前に転倒し頸椎打撲をした後、四肢麻痺を来たし七転び八起きの生活をした頃を思い出し、病を起こした人の心境を知ることができた。麻痺した足や手を持つことがどれほど心の負担になるかを思うと、何とか治りたいと言う思いでリハビリに励んでいる人の支援をしたいと考える。現状が半分でも快復すれば、その人にとっては天国が来たような思いになる事であろう。間葉系幹細胞の移植が万人の手の届く値段になる事を願って止まない。

幹細胞を培養するための費用はごくわずかであると聞く。何千万という値段は何のためにかかっているのか分からない。無法な金額は誰の懐に入っているのであろうか。庶民のための医療にしなければならない。

技術分野ではコンピューター技術、マイクロエレクトニクス、ナノテクノロジー、ロボット工学、遺伝子工学、再生医療など、色々の分野が統合して新しい分野を切り開こうとしている。医療機器が体の一部を補完するようになり、脳と体をつなぐ技術が進化している。その一つが人工内耳で、日本国内でも一万件以上の手術が行われている。そのほか脳と直接つながった義手や義足が生まれ、「サイバスロン」と呼ばれている。この分野の国際的な競技大会も行われた。

三〇年後には遺伝子工学によって、病気の予防ができ、治療ができる時代が到来すると思われる。ハーバード大学のデビット・シンクレア氏は「老化は病気であり、治療できる病だ」と述べている。一二〇代の人がそこここに存在する様になるに違いない。ロボット工学は今後進歩し、ロボットリハビリテーションという言葉も生れている。現在のところは、脳からの電波を麻痺した手や足に伝え、動かす力になっている。まだ完璧ではないが、かなりの威力を発揮している。さらに深化すること間違いない。すでに保険適用されている。

介護の世界でも色々の試みがなされている。人工知能とロボットの組み合わせにより、高齢者のために洗濯物を折りたたむ機械を提供しようとしている。一つ一つ厚さや形の違う洗濯物を折りたたむのは難しいと思われるが、間もなく実用化のところまできている。高齢者は色々の家事から解放されることだろう。一人住まいの増える高齢者には朗報である。

機械と人間が共存しなければ生きて行けない時代が到来するだけに、新しい分野での開発は今後も進むことは間違いない。医療はテクノロジーによって大きく変わろうとしている。今までの医療は医師主導で、その意見に従い進んできたが、今後はＡＩやＩｏＴのデーターを見て前に進む時代へと変化すると思われる。データーの記録から医師よりも自分で治療方針を決定する時代になる。


今後の医学、医療の進歩は、ＡＩの世界から、ロボットの世界から、再生医療の世界からそして遺伝子の世界から主に四つの方向から進化してくることになる。ものによっては組み合わさり、ものによっては単独で新しい医療面を生み出してくるに違いない。その進化の過程ではノーベル賞級の研究結果が生れるかもしれない。多くの国民がその恩恵を受けることになるだろう。期間としてはこれからの二〇年間の間に大きな前進が見られ、治らなかった病気が治るようになり、百寿者は数十万人に達し、一二〇歳代の人が日本でも何人か現れるものと思われる。この数年から一〇年を生き延びることのできる人はその恩恵に浴することができる。私たちは今その瀬戸際を生きている。恩恵を受けられるかどうかは、運不運によるものと思う。昭和二五年ごろ、一年生き延びた人はストレプトマイシンなどの抗生物質を受けて生き延びることができ、一年早く亡くなった人はその恩恵を受けることができなかった。紙一重の時代である。これから五年を生き延びれば、さらに五年生きられる時代になるだろう。或いはさらに一〇年生きられるかも知れない。そんな時代に直面している。

時代が変化する時とは、そんな時代であり、回り合わせによってその恩恵に会うこともできるし、会わないかも知れない。医療の発展するときは色々の発展が重なるもので、間もなくその時期を迎えることになる。

再生医療は一番近くまで来ており、自身の脂肪細胞から幹細胞を作ることができるようになってから、技術面では山を乗り越えた感がある。がん化する可能性も少なく、免疫力も正常に保つことができる。庶民に手の届く値段でできるかどうかの制度面が残されている。ここまで来れば、国も捨てておくことはできない。再生医療の恩恵を国民全体が受けられる体制、すなわち保険適用を考えなければならない。その直前の段階を迎えている。保険適用まで行かなくても、一〇〇万円以内で治療を受けられるようになれば、多くの人が恩恵を被ることができる筈である。幹細胞の培養液には細胞を正常化するタンパク質を多く含んでおり、鼻腔から毎日噴霧するだけで認知症が快復したという話もある。これからも多くの研究が進み、良い人生を送ることができるようになる可能性ある。

再生医療等の安全性の確保等に関する法律は平成二五年にできている。

この法律には認定再生医療等委員会の意見を求めることになっているが、簡単にいうと再生医療を行なっている医療機関が適正かつ安全に再生医療が行われているかどうかを審査する委員会である。この認定に多額の費用がかかっている場合がある。一般の病院やクリニックが再生医療を行う時、委員会の審査に多額の費用がかかるため、治療費が高額になる可能性がある。国立大学や公的医療機関は独自の委員会を持っているので問題はない。一般の病院などは独自の委員会を持っていないので、高額を出して委員会を通して貰うことになるのだ。法律を作る時は予想もしていなかったことが起こるものだ。

場合によっては法律を改正する必要があるかも知れない。再生医療の法律は世界に先駆け作った法律であり、先進的なものとして注目された。ＡＩやロボット、遺伝子医療が成長すれば法律も整えなければならない。法律の作成が遅れると世界競争から落後する可能性がある。時代はそれほど競争の激しい時を迎えている。

エレクトロニクスが発達すると、「今日は早めにお帰りください。夕方頃から体調が崩れる可能性があります」こんなメモが携帯に打ち出されたら、貴方はどうするか。体調を総合的に判断すると、分かる時代がそこまできているという。天気予報の様に、明日の体調は良好です、向こう一週間はおおむね気分が沈みがちになります。健康予報が出るようになるという。体調の崩れは一か月後「なくなります」と打ち出される時代になるのでしょうか。

社会の見守りも進み、街にもスーパーにも防犯機が取り付けられているが、今までのものは、行き交う人の映像を再現するだけである。しかし、これからは、行き交う人の中から犯人らしき人間を割り出すことができるという。顔の表情、目の配り、息づかいや歩き方、すべてのものを総合して割り出してくる。悪いことをする人間にはそれなりの特徴があるらしい。

安心できる社会が来るということができるけれども、うっかりすると犯人にされてしまう恐れもある。健康も含めてすべてに予測のできる社会が到来する。さらに、その予測を乗り越えるための健康法や社会のあり方が生れるに違いない。

最後にナノテクノロジーの医学への応用がある。ナノメートル＝一〇億分の一メートルであり、人間の細胞が六〇〇〇ナノ、ウイルスが一〇〇ナノメートルである。如何に小さい単位であるかが分かる。そんなに小さいものが医療に役立つのかと思われるに違いない。ウイルスよりも小さいガン治療薬ができている。ガン細胞の核に届く治療薬で、少量で効果があり、副作用も少なく価格も安い。将来にはさらに進むものと期待されている。

糖尿病の人は血糖値をみるため指先を針で刺し、一滴の血液で調べている。しかし、外国のある会社は呼吸や手首の皮膚から血糖値を図り針は使っていない。これもナノテクノロジーを応用したものである。

また、遺伝子ＤＮＡとの関係が深く、ＤＮＡを切ることやつなぐことが自由にできるため、今まで不可能とされていた治療を可能にすることができる。今後大きく発展するものと思われる。

ナノテクノロジーを応用すると、健康な細胞や組織を損傷することなく、病床部分や異常細胞だけを治療するため、患者の肉体的負担も少なく経済的負担も少なくて済むことになる。ＩｏＴ衣類・電子皮膚もできて、それを着ていると体調の変化がすぐ分かり、知らせてくれる。歩き方や姿勢が悪いと転倒の原因になるので予防にも役立ち、体温や脈拍、呼吸に変化があれば知ることができる。血液中の主な数値もセットしておけば分かるようになるだろう。着ているだけで体調を管理することができ、予防や治療に結びついて行くにちがいない。私などは不整脈で意識を失うことはなくなり、その前に予防することができる。将来は血圧の変化なども知らせてくれることになり、危険水域に上昇する前に気づくことができ、脳血管障害の予防にもなると思われる。夏用の衣類、冬用の衣類ができれば、季節によって着替えることもできる。高齢者の見守りとも連動しておけば、どこで何が起こったかを家族に知らせることができる。倒れる様なことがあれば尚更である。体内に異常が起こって気づく時代から、異常を予測する時代を迎えようとしているのだ。脳梗塞や心筋梗塞を起こす人は極端に少なくなるに違いない。そんな時代を生きてみたい。

もう一つ医療制度に触れておきたい。二〇三〇年を目指して様々な検討がなされているが、その一つに対面診察からオンライン診察への変化が見込まれている。対面がなくなるわけではないが、直接病院に行かずオンラインで診察を申し込み、診察を受ける制度が加えられる。今まで近くの病院にかかっていたのが、距離や時間は関係なく好みの医療機関を選択することができる。出された処方箋がパソコンに送られてくるので、近くの薬局で貰うことができる。専門医が忙しくなるのではないかと予想されている。

現在もコロナの影響で一時的にオンライン診療が行われているが、三〇年からは永久的に行われることになるので、いろいろの検討がされるものと思われる。様々な条件がつく可能性もある。しかし、オンライン診療が始まれば、診療の質的低下を心配する反面、患者側には選択肢も増え好評が生まれることも予想される。一日職場を休んで診察を受ける必要はなくなるかも知れない。

オンライン診察では血液検査やレントゲン検査を受けることができないので、必要なときはどうするのか、検討されるものと思われる。検査だけは時間を指定して受けに行くのか、別の医療機関でも受けられるようにするのか、方法はいろいろと考えられることだろう。

医師中心の医療から、患者中心の医療へ次第に変化していくものと予想されている。医学、医療の内容も変化をするが、制度そのものも時代と共に変わっていくのは当然である。

本当にガンを治すのは誰なのか

世の中には治らない病気が数多く存在するが、中には稀少な病気もある。治りにくくて数も多い病気と言えばガンが最悪であろう。この人だけはどうしても亡くしてはならないと思う人が先を争うように亡くなっている。母一人子一人、必死に働いて、この子にはこの母一人しかいないと言う母が、わずか二〜三ヶ月の内に亡くなってしまう。ありふれた言葉であるが、代われるものなら代わってやりたいと思うことがある。中小企業の経営者で苦労を重ね、ようやく軌道に乗って多くの設備投資をした矢先にガンを宣告された人がいる。努力をした人材がどうしてこの病気になるのかと悔しさを噛みしめたこともあった。苦労をして努力を重ねた人はそれなりのストレスがあるのかもしれない。しかし、それにしても、と思わざるをえない。代わってやりたいと言いだしたら幾つ命があっても足りないほど多くの人が亡くなった。

ガンは老若男女を問わない。これから素晴らしい人生が待ち受けていると予測される人も含めて別世界へ連れて行く。この病気だけは何とかならないものかと思う。世界中の多くの学者がその予防や治療のための研究を重ね、基礎研究も含めて能力を集中させている。

もうそろそろ結論が出ても良さそうに思うが決定的な話は聞かない。この薬は殆どのガンに効くといわれて使ってみるが、結果はそれほどではなかったと多くの医師は語っている。

ガンは細胞の遺伝子が傷つくことによって起こる病気である。一度のみならず何度も傷が繰り返されることによってガン細胞となる。一日数百から数千個の細胞が傷つくことになるが、免疫の力で殆どは救われる。ガン細胞は外部から入ってきた異物ではなく、人間の体の一部であることが治療を困難にしているとも言われる。傷はついているが私たちの体の一部である。ガン細胞を攻撃すると正常細胞も攻撃されてしまう。そこがガン治療の一番難しいところであり、長い間的確な治療が実現してこなかった理由として挙げられる。

ガン治療は難しいものであるだけに、こうすれば治るといういろいろの情報も流れている。食事療法でガンを克服したと言う人もかなりの人数に達している。徹底した食事療法を行うことと、共通していることはこの食事療法で必ず治るという信念を持って行なっていることだ。私の知っている国際弁護士で肺がんにかかった人も家族と別れて一人で食事療法をやり通した。絶対治してみせるという信念を持ってやり通し、見事手術することなく完全にガンを克服したと語っている。そう言う人も実際に存在する。

アメリカのマクガバン上院議員が連邦政府と議会に提出したレポートであるが、その中に述べられていることは、アメリカは食生活を変えなければ肥満人口が増えてガンと心筋梗塞の患者が増加する。医療費が増大しアメリカは破滅する。マクガバンのレポートはアメリカのガン死亡率を減少へ導き、現在も減少を続けている。食生活だけではないが、アメリカのガン治療に対する考え方を一変することになった。今までの西洋医学一辺倒の治療方針から食生活をはじめ代替医療も取り入れ総合力で取り組む方向へ転換したことである。手術とレントゲン、化学療法中心の日本の医師は、代替医療を受け入れることは殆ど存在しない。アメリカではマッサージや鍼灸を取り入れているが、日本の医師は全く取り入れようとしない。アメリカは幅広い治療法を受け入れガン死亡率を減少させているにもかかわらず、アメリカよりも死亡率の高い日本がそれを学ぼうとしない。患者中心の医療が日本では確立されていない、というほかはない。西洋医学が優れていることは認めるが、それ以外は受け付けないという姿勢はよろしくない。患者を中心に考えれば、どの治療法が症状を軽くし、死亡率を低下させるかを検討し、それを受け入れなければならない。自分の治療方針だけを貫き、データーを集める様な姿勢は排除すべきではないか。データーは集まるかもしれないが患者の死亡率は高まるかもしれない。これは医師としてとるべき態度ではない。医療は患者のために存在することを忘れてはならない。

アメリカのマクガバン・レポートは世界の食生活を調べ、日本の江戸時代における食事が最も素晴らしいと賞賛している。しかし、日本では見習おうとしない。日本の医療はもっと謙虚でなければならない。

医療界で良く衝突するのは免疫細胞療法である。免疫細胞を増殖して幾種類かを組み合わせたものを注入する治療であるが、全く効果がないが如く主張する学者がいる。私も手術後、化学療法を行うことなく免疫細胞療法を受けた一人であり、効果があったと思っている。再発まで三年位かと言われていたが、もう一〇年以上経過しているのだ。もちろん立派な手術をして貰ったことも忘れてはならない。しかし、手術は決して早くできたわけではなかった。手遅れとまでは言わないがきわどいところまで来ていた。三年位で再発してもおかしくない状態まで進んでいた。腹腔内のリンパ節三〇個を調べて貰ったところ、二個にガン細胞が浸潤していた。それを食い止めてくれたのは免疫細胞療法であった。体調がよくなり私は元気を取り戻した。私は効果があったと認識している。

私は「免疫の力でガンを治す会」の会長を引き受け、お役に立てばと思っている。もちろん、ガン患者すべてに決定的な効果の出るわけではないが、何割かの人には効果があり、中には完治した人も含まれる。ガンはどの療法も効く人とそうでない人があり、この療法は一〇〇％効果があるというものは存在しない。化学療法でも種類によって効く人と効かない人がある。何割かの人に効果があれば受け入れる必要があるのだ。それを袋たたきにしては患者のためにならない。どちらを向いて治療をするかである。

別の項でも書いたが、最近ガンに効果のあるサプリメントが登場した。化学療法と併用するとその副作用が減少する。髪が抜ける、体がだるい、食欲がないその苦しみでダウンする人が多い。この副作用の人にこの効果が何％出るのか検討されている。すべてのガンにこの効果があるとは考えにくい。例え二割の人にこの効果があれば大きな出来事である。やがてこのサプリを叩く学者と称する人が週刊誌に登場するだろう。このサプリは基礎代謝を向上させる必要性を訴え、液体には補酵素になるミネラルをはじめ代謝に必要なヨウ素や珪素を含めている。酵素や補酵素の不足によって基礎代謝が低下しないように配慮して、老廃物や化学物質を分解・解毒・排泄させ、免疫力を高める。新しい理論であり、なぜガンに効果の出る例が存在するのか明確にして欲しいものだ。袋たたきにするのが医学界のすることではないはずである。幸いにも民間の医師集団が民間治験を行っている。基礎代謝が完璧に行われ、化学物質の排泄が起こらなければ、本格的な免疫は機能しないという考え方である。基礎代謝の完全でないことが生活習慣病発生の根源になっている、との理論構成であるらしい。免疫力も基礎代謝が完成されて、化学物質の排泄があり、初めて完全に機能するということのようだ。免疫力が完璧に機能すればガンは治る、といっている。化学療法の副作用も排除出来るとしている。基礎代謝の障害が私たちの体の中でそれほど大きな問題になっているのだろうか。男性では一五歳～一七歳が一六一〇キロカロリー／日で一番高くなるときである。中年から急激に減少していく。体温維持、心臓、呼吸運動など必要な最低限のエネルギーである。筋肉をはじめ内臓の必要エネルギーは不足をしても敏感に不足を感じることはない。中年になって基礎代謝が低下してもそれを感じている人は殆どいない。エネルギーが不足してもそれを敏感に感知しないだけに、体への影響は大きいのかもしれない。自律神経のなかで交感神経や副交感神経が緊張してもただちにそれを感じることはない。同じことが基礎代謝に対しても言うことが出来る。問題は基礎代謝と免疫力の関係であるが、研究者は少なく、論文も少ない。体温が下がると基礎代謝も免疫力も低下するとの論文などがある。今後の説明を待ちたい。

さて、ガン治療には手術、化学療法、放射線療法の他に食事療法、免疫療法、最新サプリメントなどを一覧してきた。それぞれ特徴はあるが効果のあるものとないものがあり、決定的なものは存在しない。一口にガンと言ってもバラエティにとみ、一筋縄で解決の出来ないものばかりである。治療法も多様なものを寄せ集める以外にない。それはアメリカがとっているように食事療法からあらゆる代替医療までを取り入れ、総合的に治療をする以外にないことになる。結果として死亡率を低下させることが出来ればよしとすべきである。日本は医師の好みによって単一の治療法に偏りすぎるきらいがある。この辺をどう改革するのか、医療のあり方を検討する立場から見直す必要がある。

もう一つ、ガンにかかった本人がこの食事療法で治すと信念を持って望んだケースで克服したケースが何例も報告されていることである。「これで治す」の信念を持つことの重要性が指摘されている。ガンは本人が治すものなのか、医師が治すものなのか、問われることになる。しかし多くの人は「これで治す」という信念を持つことが出来ない。医師にすべてを委ねることになる。医師は治療方法を強要することになる。患者は自分の主治医を信頼し、自分に最も適した治療方針を採用してくれると思っている。しかし必ずしもそうではない場合がある。大きい病院では新しい医薬品の効果があるかどうかを調べるために使用していることもある。結果として良い効果の出ることもあれば、効果の出ないこともある。本人にはそう言う薬の使い方をしたと知らされないことも多い。

アメリカのマクガバン・レポートは医学界の方向を大きく転換し、ガン死亡率を低下させることになった。政治の世界がリードをして、医療の方向性を決めることになり、ガンを治すことに結びついた。政界がガンを治したと言えなくもない。アメリカの上院議員が出したレポートであることに間違いはない。アメリカの医学界、医療界は長い間ガン死亡率を高いまま放置してきたといえる。それを改革したのはマクガバン上院議員であった。マクガバンは副大統領候補に名乗りをあげたが、医学界や製薬業界をはじめ畜産業界からも反対の声があがり当選出来なかったという。どこの国も改革をしようとする者は叩かれることが理解できる。

「食生活を変えなければ薬でガンや心筋梗塞を治すことは出来ない」と言いきり、アメリカの医学界を騒然とさせた。肉食を中心とした食生活を改革し、代替医療を取り入れていると書いたが、それはアメリカの医学界が自ら改革したものではなかった。マクガバンに与えて貰ったものである。上院議員がまとめたレポートによってアメリカは動いたのだ。

日本の医学界、医療界は誰の力で動くのであろうか。ガン死亡率はどうすればアメリカ並みになるのか、もう一段下げるのは誰なのか。日本では政治の世界も動かない。マスコミも批判はするが改革をしようとしない。医学界も必ずしも学問的でない。本当にガンを治すのは誰なのか、私はもう一度問いたい。

各分野ともに、動かざること山のごとし。

三種の神器（年金、歩行器、携帯電話）

嘘のような本当の話。まさかここまで来るとは思わなかった、と多くの高齢者は語る。お年を聞くと殆どの人が九〇代に突入しているが、中には米寿の人も含まれる。

「米寿ですか、まだお若いですね」

そんな会話が珍しくない社会が実現しつつあり、しかも電車の中で聞く話だと言われて驚く人もいる。九〇代前半はまだ元気に外出する人が多く、電車に乗り合わせた隣の人とこんな会話が成立しているのだ。良き時代が来たともいえるし、そこまで来たかと今後を心配する人もいるだろう。貴方はどちらに所属しますか、よき時代歓迎ですか、それとも今後を心配する方ですか。私が聞いた人は多くの人が半々だと答えている。私も聞かれたらそう答えたに違いない。

今日はその高齢者に必要な三種の神器について書きたい。東京の街を歩いて思うことは、若者の割合が多いこともあるが、歩行器を引いて歩いている人の少ない事であり、特に男性は殆ど見られない。それでは何も持っていないかというと、そうではない。体の横で荷物を引くスタイルの押し車で体を支えている。どうも体の前で押す歩行器は見かけ上の姿が良くないと考えているようだ。倒れないことが第一であり、体の前で支えているのが一番安定していると思われるが、安定よりもスタイルを気にしているのが東京らしいところである。体の横で支えるのは不安定であるが、一見旅行に出かける様にも見かけられる。現在も歩行器はいろいろ出ているので、使用する方の意識を変えないといけないことだ。しかし、見栄えを気にする人もいる。歩行が困難であることを証明しているような歩行器では無くて、歩行器で無いように見せかける工夫も必要かも知れない。まだまだ改良の余地はあるし、見栄えの良い歩行器が生れることを期待している。倒れない杖の役割と歩きにくい歩行介助とリハビリの作用を併せ持つのが歩行器の役割であり、その必要性は大きいものがある。杖と介助とリハビリの三機能を併せ持つ役割は、人間の歩行という基本的機能にかかわるものであり、今後も発展するものと思われる。

東京で外出している人は杖の機能を期待している人が多いのかもしれない。歩行が困難な人は外出が難しい環境であることも考えられる。しかし、歩行器を使用しやすいデパートなどでも見かけることは少ない。歩行の不十分な人にとっては無くてはならない器機であり、片足に麻痺の残った私などには必要不可欠の器機と言える。リハビリの役割を果たすためにも有意義であり、足の機能強化に役立っている。日々の歩行がなければ足の機能低下は進む可能性があるので、必要品ということができる。

今後高齢化がさらに進み、体調から機能低下を伴った人が増えると更に歩行器の利用者が増えると考えられる。障害者が外出できる環境を整えなければならない。

「貴方は良い歩行器を持っていますね」

歩行器を自慢し合える時代が来るに違いない。自動車や自転車を自慢していた時代から、歩行器の機能を自慢する時代が来るだろう。そのためには、機能を向上させる必要がある。一番問題になるのが自動運転できるようにするかどうかである。蓄電池による自動運転技術の進む可能性もあるが、重量が大きくなりすぎないことである。技術の進み方によって、軽量の自動機ができるかもしれない。歩行器はあくまでも歩行が中心であるが、短距離の自動も可能になるにちがいない。その他の機能として考えられるのが、折りたたみや幅の縮小ができれば電車や新幹線の乗り降りが楽になり、他の乗客との共存ができる。夜間の照明も必要だろう。新幹線では将来専用の座席ができるだろう。

高齢者にとって必要なものに携帯電話がある。メールの操作は充分にできない人が多く、外部との連絡はもっぱら携帯の人が多い。携帯も人により、会話だけでメールの難しい人も存在する。耳が聞えなくなり、やりとりのできない人も少なくない。人それぞれであるが、他に遠くの人と接触出来る方法を持たない。不十分の人もあるが、携帯は最も重要な連絡方法であることに間違いはない。しかし現在の携帯電話は高齢者向きに作られているわけではない。先日も新しい携帯を見学したが、小さい携帯で二つに拡げて一つの画面になるものができている。高齢者が大きい文字で見るのに適していると思ったし、メールもゆっくり打つことができると思った。電話とメールがもっと簡単にできる機種を開発出来る筈である。ズーム機能で顔の見えるものは更に良い。顔と声か、顔と文字で意思の疎通ができるようになるはずである。

娘から「お母さん、今日は。元気にしていますか」声をかけると、お母さんの携帯に娘の顔が映り出され、言葉が流れるようにならないか。難しい操作は必要なく、開けばすぐにかかるようにならないか。できるに違いない。

「はーい。お母さんだよ。元気だけれど、腰が痛いね」

娘に母親の顔と声が流れる。そうならないか。よく電話のかかる人からは、難しい操作抜きで話ができるようになるはずだ。

携帯電話があれば家族の顔を見て会話ができる、親友の顔を見て会話が可能になる、そうなれば脳の活性化も進むことになる。必要ならば一回の電話時間に対する制限も可能にする。電話時間の制限もつけられるようにする。それぞれの人に応じた内容にセットをして渡すことにしてはどうであろうか。時間の制限があっても、何時になれば孫の顔を見て話ができるという楽しみが増える。制限時間があっても、五分間は姿を見る楽しみがある。楽しい日々を過ごすことができるだろう。

電話を持って話をしていると、その人の健康状態が数字で示されるようになるはずだ。現在の血圧はどれだけであり、脈拍、呼吸数、血糖値やコレステロール値が示されるようになれば最高である。現在の健康状態は良好かどうかも伝えられ、やがて天気予報の様にこのまま進めば一週間後も良好であると表示されることになる。健康ウオッチの機能を持たせることによって、家族は離れていても健康状態を知ることができる。血糖値が高ければ、甘いものの食べ過ぎを注意することも出来るし、甘いものを贈ることも控えることができる。数字に悪いところがあれば、病院に行くことを勧めることもできる。病院に行った時には、その時測定して貰った血液検査の値が携帯に打ち込まれているので、それを家族が見ることも可能である。

携帯電話で健康管理のできる時代が訪れ、一人暮らしの高齢者を救うことが出来る時代になる。もし転んで怪我をした時や、急に体調が悪くなったときには、電話をかけなくても携帯電話を持っただけで急を知らせることができる。携帯は絶えず身の近くに持っていることを勧めておく。

この他、携帯には知的才能を維持するための機能も強化する必要がある。年齢とともに文字なども忘れがちになる。辞書としての機能も強化する必要があり、言葉の使い方や文字の書き方なども思い出せる様にしておく事が大事である。その日の主なニュースも解説してほしいし、時代の動きにもついて行けるようにしてほしい。最も必要なのは辞書としての機能であり、ニュースの内容をしる場所であって欲しい。新聞を見て聞き慣れない言葉があれば、操作をして意味を調べることができればボケ防止にもなるだろう。

高齢者にとって年金が必要なことは言うまでもないし、他の項でも年金については詳細に書いているので重複を避けたい。しかし、超高齢者年金については大略書いておきたい。

日本の年金制度はその歴史的経緯から厚生年金と国民年金の二本立てになり、厚生年金は二階建て年金であり、国民年金は一階建て年金になっている。厚生年金は夫婦で平均二〇万円に達しているが、国民年金は夫婦で平均一一万円位になっている。厚生年金加入者は公務員や大企業従業員などであり、国民年金は自営業、農林漁業、小零細企業従業員が属し、職業によって区別され、格差がついている。歴史的経緯があるとは言いながら、同じ年金制度でありながら職業による格差をつけておくことは避けなければならない。社会保障の主旨に反すると考えるべきである。しかし、そのままにして今日を迎えている。

私は超高齢者年金制度を提案している。一つは制度の格差を無くすためであり、もう一つは超高齢社会の到来に対応するためである。本当は七五歳からの後期高齢者年金を提案したいところであるが、多くの財源を必要とするところから、一先ず実現可能な八五歳からの超高齢者年金制度を提案した。

八五歳からではあるが二階建て年金が実現し、夫婦での年金格差も二〇万と一五万でその差が縮まる。詳しい内容は別項に譲りたい。

高齢期を迎え、医療、介護に必要な金額が増え、預金は次第に少なくなっている人が多い。将来を心配している人が増えているのも事実である。何とか乗り切らなければならない。月に二万、三万の財源は少ない様に思うが高齢者にとっては貴重な額となる。

高齢者にとっては日々何を食べるかは一番の楽しみになる。若いときに食べたものをもう一度食べたいと思う。それは高価なものでなく思い出と共に湧き出るものであり、その一つ一つを買い求めることは楽しみの大きな分野を占める。それは饅頭である時もあれば駄菓子のこともある。思い出がついてまわり、あの時はこんなこともあった、娘はこんなことを言った、と食べ物と共に昔が偲ばれる。楽しい思い出の日々を送るには駄菓子代金が必要になり、毎日わずかな額であるが塵も積もれば山となる。無駄遣いと言われるほどではないが、必要になる。年金はそんなことにも使われるのだ。二万、三万の財源は日々の楽しみを取り戻し、生活を豊かにするものである。

孫が久しぶりに訪れ、高校を卒業して就職するという。卒業祝いをやるだけの財源はないが、せめて昼食でも食べよ、と二千円を渡す。

「おばあちゃん、年金暮らしだから、そんなのいいよ」

孫も気遣うが「それでも、気はこころ」。数日分の駄菓子代は消える。高齢者には乏しいながら、それなりの社会が待ち受けている。幾つになっても生きている以上最低限の交際費は必要である。

三種の神器について、それぞれの立場から必要性を書いてきたが、他にも必要なものは存在するに違いない。年金だけでなく医療や介護が必須であることは今更書くまでもない。

代表して年金にしたまでのことであり、医療も介護ももっとも必要なものであることに変わりはない。高齢者は医療も介護も他の年齢層よりも重要になるが、それだけに年金は現在以上に必要となる。年金、医療、介護を並べて国の施策を見たとき、一番足りないのは年金であり、強調して書いた迄のことである。特に国民年金が足りない。医療も介護もその中身は不十分なところもあるが、制度としては出来上がっている。

歩行器も、介護者が押すものや自動運転器機には素晴らしいものがでている。しかし、自らの能力で歩行を助けるものは歩行器ということができる。自分の力でリハビリをかねて動かすものを代表して歩行器を取り上げた。

携帯電話はもうすでに一般的であるが、現在使われているものは高齢者向きにできているとは言えない。新しい機能が必要であり、付加価値の高い器機に作りあげる必要がある。単なる電話ではなくて、高齢者が肌身離さず持っている器機として取り上げた。身体機能を知るものとしては、携帯でなく時計でも良い。現在すでに一部の機能は知ることができる。今後一層発展する分野であり、新しい機能は計り知れないものがある。

三種の神器は更に充実進歩し、世界がうらやむ内容となり、手本となる事を期待する。

第三章

平安な旅路を願い、思いを語る

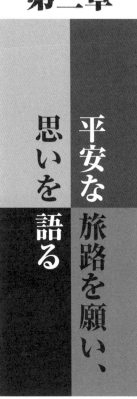

一路平安な旅路はあるか

どの人の生涯を見ても平穏無事な旅路は続いていない。一つは病との闘いであり、もう一つは巡り合わせとのたたかいである。病は否応なしに押し寄せてくるし、時には命を奪うこともある。私の姉に当たる女の子は五歳でジフテリアに罹患し命を落とした。母は初めて生れた女の子であり特別に可愛がっていたという。亡くした時には抱きしめていつまでも離さなかったと伝えられている。母の人生にとっても忘れられない出来事であったし、女の子から見ればわずか五歳の人生で終わりを迎えたことになる。現在なら克服できた病気がその当時では難しい病であった。私も二五歳になってからジフテリアに罹患し心臓や目の筋肉に対する麻痺症状が出たりした。重症であった。遺伝的に弱い体質があるらしい。私は趣味でマラソンを行なっていたが、それ以降は心臓に負担がかかるため中止した。高齢期に入り不整脈に悩むことになるが、何らかの関係があるかも知れない。

個人の病気は様々であるが、脳血管疾患や虚血性心疾患は脳や心臓の障害が出るので日常生活に影響することが多く、長期にわたり苦しむことになる。生涯にわたり影響を受けることになる。比較的若くして脳梗塞になる人が少なくない。脳に起こる病変の場所にもよるが、手足の麻痺や障害が半身にでることもあり、重介護になってしまう。自分で体の管理が出来ないだけでなく、家族まで巻き込んで苦しみに落とす可能性がある。私の周辺にも奥さんが二四時間つきっきりで介護をされているケースが存在する。食事をさせるときも、口に入った食事をなかなか飲み込むことが出来ず、困っている様子を見た。本人も気の毒であるが奥さんの方もそれ以上である。本人もこんな病気になるとは思わなかったに違いない。奥さんもこれほどの苦労をするときが来るとは想像できなかったと思われる。

私の知人で医師になって結婚をして二人の子供が生れた矢先、まだ三二～三三歳であったろうか、ガンに罹患した。膵臓ガンで気づいた時にはすでに遅くカムバックできる状態ではなかった。彼はすぐに多額の生命保険にはいった。事の善し悪しは別にして、妻子の生活を考えたとき、それ意外に方法がなかったのであろう。医師になっていよいよこれから素晴らしい人生が待っていると考えている時、治らない病に冒される。泣いても泣ききれない思いであったろう。膵臓ガンでⅣ期、医師である彼には将来が予測できた。大学受験の苦しさも彼の脳裏を去来したに違いない。医師免許を手にした時の喜びも思い出したことだろう。将来の計画を考えた日々も思い浮かんだに違いない。如何に無念であったか、想像に難くない。これが人生であると言ってしまえばそれまでであるが、それにしても酷すぎると同情せざるを得ない。医師であればもっと早く気づかなかったのかという意見もあるだろう。しかし、まさかと思っていたに相違ない。無症状のことがあるからだ。

一路平安を願うがうまくいかないことの方が多い。乗り越えることのできる山は高くても険しくても挑戦するとして、人の能力を持って超えることのできない山も存在する。人は超えることのできない障害に直面した時、病気で言えば不治の病に冒された時、自分が亡くなった後のことを考えなければならない。それは辛いことであるが宿命である。生活習慣病でも長期にわたる場合には、自分の生存している場合と亡くなった後のことの両方を考える必要がある。それは高齢になってからも同じである。私が生きている間と妻が一人になったときのことと両方である。

病気のことは書き始めると切りがないので、これだけにしておきたい。人生の前途に障害となることにはいろいろの種類がある。なかでも思いがけない巡り合わせは、悪い人との出会いや事件との遭遇など、直面して何故こんな事になったのかと思うことが多い。人生はそうしたことの連続かも知れない。毎年新年には、今年はどんな年になるのかと想像するが、当たった試しはない。人生も同じである。

私はまさか衆議院選挙出馬の話が来るとは思わなかった。医師として献血事業に没頭し、ようやく区切りをつけて大学で公衆衛生学を研究し始めようとした時であり、人生の方向は半ば決まっていたと言ってよい。そこに降って沸いた選挙の話は人生を根底から覆した。

なぜこんな事が起こったのか？私を誘ってくれた政党が今までの方向を改め新しい方向性を打ち出した時であった。新しいタイプの候補者を求めていた。その「新しい時」に私は遭遇したことになる。当選は難しいと考えていたが、予想を覆して当選することになる。以後、私は政治家としての人生を歩み始めた。

私の場合は予想外の出来事の一例であるが、さらに偶然の重なることもある。

私の兄は太平洋戦争の最中、千島列島の一島の隊長を務めていた。昭和二〇年八月一五日終戦を迎える。間もなく北海道に引き上げる予定であったが、迎えに来た船の向かう方向は南の北海道ではなくて別の方向へと向いていた。到着したのはソ連のウラジオストック港であり、ハバロスクへと運ばれた。ソ連の捕虜として建設業に従事させられる。

千島列島の防衛に当たっていたこと、終戦を迎え日本への帰国が遅れたこと、ソ連が戦後日本軍を捕虜にする政策をとったこと、これらの事が重なり私の兄は抑留されることになる。寒さと栄養失調のため、部下が毎日のように死亡する。その部下を火葬する日々が続いたと語っていた。ソ連兵が時計を欲しい、カメラを欲しい、軍靴を欲しいと言ってくる。食べるもの一週間分と物々交換をする、その食べ物を部下に与えたと言う。その時計や軍靴をまた盗んで持ってくるソ連兵がいた。彼らも食べる物を充分に与えられていなかった。彼らにも食べる物の一部を与え、同じ時計や軍靴を使って何度も食べ物を集めては分配したという。

兄は昭和二三年秋、ようやく帰国した。体調は崩していたがそれでも元気を取り戻して高校の教師を務めることができた。終戦という節目に会わなければ、もっと豊かな人生を送れたと思う。巡り合わせが大きな苦労をかけることになった。生涯に与えた影響も大きい。

もう一度私自身のことを書きたい。私は医学部を卒業したら立派な小児科の医師になりたいと考えていた。大学院は予防医学を選び、幅広い知識を身につけながら、小児に関する研究もしたいと考えていた。

大学院卒業後、三重大学の保健衛生教室の助教授の席が空くというので、そこに席を置きながら小児科の臨床も習得し、研究もするつもりであった。ことは順調に進んでいたが、助教授の前任者が次のポジションに移る時期が二ヶ月ばかりずれ込むことが判明した。私は二ヶ月待つことにした。この二ヶ月の隙間が私の人生を左右することになるのだ。

衛生教室の松井教授から、一ヶ月の期間でよいので赤十字の献血事業を手伝ってくれないかと依頼される。一ヶ月以内なら手伝います、と答えて赤十字の手伝いをすることになる。ところが私の後を引き受けてくれる赤十字の医師がいなかった。私は抜けられなくなる。私が卒業する年に、日本の献血運動が始まる。私に二ヶ月の隙間ができる。これらの巡り合わせが重なり、私はその隙間に落ち込んでいく。もう一ヶ月、もう一ヶ月と赤十字の仕事は延びていく。昼は献血車にのって事業所や街頭に出ることが多かったが、問題は献血者が少ない事であり、夕方から夜にかけて各種団体をまわり献血を依頼することであった。人々を献血という新しい運動に参加させることは忍耐のいることであるが、決して嫌いな仕事ではなかった。この事業は必要なことであり、誰もやってくれないなら自分がやり遂げてもよいと次第に考える様になっていく。

結果として私は三〇代の大半をこの日本に始まった献血事業に打ち込むことになるのだ。その熱意は並々ならぬものであったと自分でも思い出すことができる。売血を日本から追放し、善意のきれいな献血で多くの人の手術を可能にすることができる体制を確立する。野望に燃えた八年間であったと言える。しかしこの様な人生になったのは重なる偶然との巡り合わせによるものであり、今まで想像のできないことであった。全く予想をしていいなかった仕事に没頭することになるが、決して悔いの残る青春ではなかったと言うことができる。

客観的にみれば、この献血に対する情熱の強さが政治家への誘いになった可能性がある。一風変わった医師がいる。熱血漢がいる。新しい方向を打ち出す政党から誘いの手が延びることになる。

世の中は偶然の積み重ねで動いている。私の人生だけではない。私と結婚しなければ、妻はこれほどの苦労をせずに穏やかな生涯を送れたであろう。二人の子供たちも私が普通の生活をしていれば、辛い思いをせずに成長できたことだろう。私の一歩踏み違えた人生は家族にも影響を与えることになる。

個人だけの話ではない。昭和という時代に生まれあわせた人間には前半には太平洋戦争に遭遇し、多くの人が命を落とし悲しむべき結果になった。戦後に生れた人たちは平和な暮らしではあったが生活に苦しむ時代も経験した。就職のできない時代に生まれ、生涯にわたり非正規労働を強いられた人たちもいる。それぞれが時代の重荷を背負って生きているのだ。

令和の時代に生まれた子供たちは幸福な人生を送ることができるであろうか。待ち受けているのは少子高齢社会のツケであり、社会的にも個人的にも高齢者の医療費や介護費をみなければならない。医療保険も介護保険も保険料はたかくなり負担を強いられる。八五歳以上の人が増えれば年金制度も見直す必要がうまれてくる。過去の国債残高が一〇〇〇兆円を超えている。これをどう処理するのか、若者に押し寄せてくる。処理をするためにはインフレと闘わなければならない。高金利になり不況が訪れる可能性がある。それらを克服する時代が来るに違いない。その時に生まれあわせた人たちは大きな苦しみを味わうことになり、なぜ自分たちが先輩のツケを払うことになるのかと思うに違いない。生れあわせを悲しむに違いない。多くの倒産者が出ることだろう。

　ロシアのウクライナ侵攻のようなことが起これば、双方ともに多くの死傷者が発生し、家族を含め沢山の犠牲者が生れる。国を大きくすることだけを考えているトップを持つとどんなことになるか、国民はよく考えなければならない。しかもウクライナの民間人が多く犠牲になっている。この様な隣国を持った巡り合わせ、時代的背景、この時代に生れた宿命、それらを民間の人たちは感じているに違いない。

　台湾の人たちはウクライナで起こっていることが何時自分たちに降りかかるのか心配をしているであろう。戦争を避けるためにはどうすればよいのか、考えていると思うし、もし何かが発生すれば日本も他人事ではない。アメリカは日本とともに闘う事を明言している。日本の国内では台湾問題を大きく考えていない人も多い。国際的にみればアメリカは日本を前面に出して闘うつもりであることを深刻に考えなければならない。アメリカの基地がこれだけ多く存在するかぎり、日本におけるアメリカの基地が攻撃されることを憂慮すべきである。日本の一部が戦争化することになる。大変な時代がそこまで来ていることを明確にして、すべてのことに対応しなければならない。防空壕の中で生と死は紙一重の隣り合わせであることを、高齢者たちは太平洋戦争で経験しているのだ。もう一度高齢者たちに同じ経験をさせてはならないし、若者の命を亡くすることがあってはならない。政府要人はその危険がそこまで迫っていることを覚悟しているであろうか。

人生には隙間ができるとそこに思いがけない巡り合わせが入り込んでくるものだ。将来大きな問題になることでも、素知らぬふりをして、横を見ながら入り込んでくる。台湾問題はこのままでよいか。人はその客が何者であるかを気づかないことが多い。将来自分の存在を危うくする客であっても、振り返らず通り過ぎることもあるのだ。後になって、その客に気づく人が多いのだ。人生とはそういうものである。台湾問題はもっと真剣に考えるべき問題である。日本の将来にとって、一番「一路平安」の旅路を妨害するのはこの問題であると憂慮すべきだ。

戦争にならないまでも、中国は経済問題で日本に難題を押しつける可能性がある。日本は経済を選ぶか戦争を選ぶかを迫られたとき、戦争を選ぶとは言えないだろう。その時台湾はどうなるか、アメリカはどんな態度をとるのか、真剣に考えておく必要がある。

我が国の国家安全保障戦略の要旨を見ると、「一九七二年の日中共同声明を踏まえ、非政府間の実務関係として維持してきており、台湾に関する基本的な立場に変更はない。台湾は我が国にとって、民主主義を含む基本的な価値観を共有し、緊密な経済関係と人的往来を有する極めて重要なパートナーであり、大切な友人である」こう述べるにとどめている。そして、中国とは平和裏に真剣な議論を重ねていくと記している。

台湾有事の時、アメリカはどうするのであろうか。今までは中国を刺激しないために「あいまい戦略」をとり、軍事的介入をすると明言してこなかったが、バイデン大統領は介入を明言している。ウクライナへの批判もあり、「その時」アメリカは軍事介入するものと私は予想しているのだ。台湾に近い中国から、大々的な軍事介入が行われた場合、アメリカは本土から軍隊や弾薬を運んでいる時間はない。おそらく沖縄や日本本土に存在する軍備を振り向けるに違いない。そうすれば、日本の領土が戦争に巻き込まれることになるのではないか。

二〇二五年までに海兵隊を改編し、沖縄に離島即応部隊を編成するという。日本政府も了解することになる。正式には海兵沿岸連隊（ＭＬＲ）と呼ばれる。アメリカは沖縄有事の時には、ハワイ、沖縄、グアムの基地を用いて即応体制に入ることを明確にしたということができる。まず日本政府の了解が必要であり、それが伝えられたものと思われる。

時を同じくして、アメリカのシンクタンク（戦略国際問題研究所＝ＣＳＩＳ）は台湾有事を想定し、日本の基地使用はアメリカの「介入する前提」であると述べ、「日本は要である」と指摘している。アメリカは三週間で兵士三二〇〇人が死亡し、空母二艘が撃沈されると予想している。中国は一万人の兵を失い一五五機の戦闘機、一三八艘の戦艦を失うと試算している。日本も多くの自衛隊員が死亡し、在日アメリカ軍基地が攻撃されると述べている。結果としてアメリカ、日本も大きな被害を受けるが、中国はそれ以上の被害を受け台湾侵攻は失敗に終わる可能性が高いとの予測である。

アメリカ政府は、台湾問題だけで世界規模の戦争に突入することを説明することは難しいと考えているのかも知れない。日本を前面に出して、台湾問題は日本問題であると主張すれば、国内だけでなく国際的にも理解を得ることができる。ＣＳＩＳの研究結果にはそうした背景を読み取ることもできる。中国は台湾だけでなく日本を巻き込んだ戦争になると考えた場合、考え方に変化が生じる可能性もある。

日本も十分に考えておかなければならない。台湾で勝つことがどれだけ日本国民に意味のあることなのか、多くの自衛隊員の犠牲を考えたとき、あるいは日本領土におけるアメリカ軍基地が攻撃され、周辺都市に影響の及ぶことも考えたとき、国民の意見を十分に聞いておく必要がある、十分な説明も要求されることだ。

台湾有事で「日本は要になる」ことを避けるためには、平和裏に解決する方向を考える以外にない。アメリカをどう説得するかの問題になり、日本の政治的手腕が問われることになる。それは中国も納得させなければならないし、当然のことながら台湾の理解が必要である。手をこまねいて待っていては訪れる話ではない。日本の将来が一路平安であるためには、積極的に国際問題にも打って出る姿勢が必要なのだ。あくまでも予測であるが、確率の高い予測として「日本は要になる」可能性が高いだけに、積極的な外交が要求されることは間違いない。太平洋戦争が終結して以来、初めて訪れる大きな国際問題である。安全保障問題はアメリカの傘の下に入り、意欲的な取り組みを避けてきただけに、日本の不得意とする分野になっている。しかし、国際情勢は得意、不得意を言っていられない段階に来ているとみるべきである。

個人であれ、国であれ平安な旅路を続けるためには、受けて立つのではなく、積極的な行動が要求されるところである。

人との距離は遠からず近からず

政治家は人との付き合いが上手でなければならないが、私は旨く出来る方ではない。医師をしていたときの癖が抜けきらないこともあり、相手が納得するまで話を詰める習慣ができていない。頭が高いと言われることも多く、言葉だけでなく、立ち居振る舞いを含めて見直すことが多かった。

演説会での話はうまく出来る方であったが、対面の話が苦手であった。できるだけ相手に話をしてもらい、聞く側にまわって理解をえるように努めることにしている。

政治家になってからの大きな出来事の一つに消費税の出発があり、多くの人への根回しが必要になっていた。政府が提出する消費税三％創設法案の議論に参加するかどうかの提案があった。私は党の政調会長として、法案に反対をするが議論には参加する立場をとった。国会として当然のことであり何の不信を持たれることもなかったはずだ。しかし、社会党は法案に反対し審議拒否の立場をとった。国会議員としてまた政党として、法案に反対でも審議に応じ何故反対であるかを議論するのが筋であると考えた。しかし、マスコミの評価は違っていた。社会党の反対は強く、審議拒否にまで及んだが、公明、民社の反対は審議拒否にまで及ばなかった、と書いた。テレビは審議拒否で欠席している社会党席と出席した公明、民社席を映しだし、その差を明らかにした。世論としては強く反対した社会党、それほどでもなかった公明、民社の中間政党に色分けされてしまう。この時党はマスコミ対策を考えていなかった。早くマスコミ上層部との会合を持ち、消費税には絶対反対である趣旨を明確にして、議論で徹底的にその内容を明らかにする旨伝えるべきであった。ここが抜けていたために、致命的な打撃を受けることになる。

個人的なできごとでも次の様な一幕があった。

私の支援者から、「銀行でカネを借りたい」との話があり、銀行に一声かけて欲しいと言うのである。現在借入金はどれだけあって、今回は何に使う借り入れなのか、相談に乗る以上、仔細を聞いておくべきであった。仔細を聞けなければ無理だと断れば良かった。「一度、聞いてはみるが」と曖昧な返事をした。銀行の窓口はその人の名前を言っただけで、『その人は無理です』の返事であったのだ。

その人に無理だと伝えたところ、「銀行への口利き一つ出来ない政治家でどうするのだ」と立腹の返事、それだけでなく頼んだ政治家が悪かったので倒産したと言いまわすことになる。私の周辺には役に立たない政治家という風が暫くながれることになってしまう。

以後、私は曖昧な返事はしないことにしている。その時点では気まずい雰囲気が出来たとしても、断るべきは断る、話の進め方を身につけることにした。

人には至適温度、至適ペーハーなど人間の体に最も適した環境が存在する。体温は三七度の体内温度ですべてのホルモンや酵素の作用が最大限に発揮されるようになっている。pH（ペーハー）は七・二が至適である。最近では至適血圧という言葉もある。収縮期血圧一二〇以下、拡張期血圧八〇以下を最適としている。そんなに低くなくても良いと思われるが、参考書にはそう書かれている。至適脈拍や至適呼吸数というのもあって良い筈だ。

人間と人間の距離感もいろいろあるが、近すぎても具合が悪いし、さりとて遠すぎても人間関係がギクシャクする。最適の人間関係を築くには至適距離というものがあるに違いないと考えてきた。医療指数のように定義づける明快な数字を示す事はできないが、より良い人との関係を築いていくにはそれなりの至近距離を保つ必要がある。その距離は何で表現されるべきものなのか、どの様な形で表現すべきことなのか、私は何度も反芻し考えてきたが最善の結論は得ていない。言葉としては、近すぎない遠すぎない距離になるが、もう少し具体的に多くの人が納得できる形で表現できないものかと思案を重ねてきた。至適距離を具体的に優しい言葉で表現すればどうなるのであろうか。

人間関係の近いものには肉親がある。親子兄弟姉妹の間柄は一番近い関係であり、それに続くものとして伯父叔母、甥姪、従兄弟姉妹の関係が存在する。肉親とはこの辺までであろうか。この範囲でもそれぞれの人間関係の濃淡が存在する。親子兄弟姉妹は特別であり別枠にして、肉親で言えば伯父叔母、甥姪、従兄弟姉妹の関係が近い存在と言えるだろう。近隣、友人の中には第二グループの肉親に匹敵する人は確かに存在する。この辺が許される人間関係の近い位置づけと考えれば良いかもしれない。

遠い側で人間関係を保つ位置づけはどの辺なのか、これも考える必要がある。同窓会や同級会で年に一回ぐらい話す機会がある場合は遠い側の位置づけになるかもしれない。その中には時々電話で話す相手も居ると思うし、本当に一年ぶりという人も存在するだろう。これ以上距離ができると、赤の他人（縁もゆかりもない人）に近づいてしまう。近所の人から同窓会まで、こんな人間関係が遠からず近からずと言うことになるかも知れない。しかし、至適距離としては幅が広すぎる嫌いがあり、もう少し考える必要がある。

毎月一回ぐらいは電話で話をするか少なくとも半年に一度は会って話をする間柄を至適距離の外側にするのはどうであろうか。内側は一週間に一度は顔を見る間柄にする。内と外をこの範囲に定めれば、何人かの人付き合いは可能であり、相談相手もできる事になる。

真ん中をとれば二〜三ヶ月に一度は会って話のできる間柄、その間は携帯電話でつなぐ事のできるのが至適距離ではないかと思われる。ベタつかず人柄を忘れず長く付き合う間柄でありたい。

二〜三ヶ月に一度の食事を楽しむ間柄の友人が三人ぐらい存在すれば、楽しい人生になる。半年に一度、世間話に花を咲かせる友達二人ばかり居れば、さらに人脈は抱負になると思われる。至適距離の人間関係とはこんな間柄ではないだろうか。

二〜三ヶ月に一度は食事をともにするかお茶会を持つ間柄であり、心の中を語り合う友人を持つことは人生を豊かにする意味で大切なことである。至適距離には会う回数だけでなく、心の中をどこまで話し合う関係なのかも大事なことである。親子、兄弟姉妹と同様に話し合える人も居るだろうし、心を半開きにする人もいるに違いない。心を全開にして話し合える人は多くはないし、半開きでも語ることのできる友人があれば喜ばねばならない。至適距離の人は半開き以上の友人にしておきたい。二〜三ヶ月に一度、お茶会を持ちながら心を開いて話し合える人間関係を至適距離の人と呼ぶことにしておきたい。誰しもこの様な人間関係の人を何人か持ちたいと願うに違いないが、そう簡単なことではない。おそらく一人か二人存在すれば良いところだろう。したがって、あまり絞り込まずもう少し幅を拡げて、半年に一度の茶話会も良いことにしておきたい。その間は電話友達にしておこう。

人と人との至適距離について書いてきたが、人との関係には友人という横のつながりだけでなく、上下の人間関係も存在する。大きな仕事をした人の周辺には良く支える部下が揃っていることが多い。部下というよりもいろいろの立場の人が手を差し伸べていることが見受けられる。人に護られている、という言葉が当たっているかも知れない。小泉総理の時、採用する人材について、事細かくチェックをしている秘書官がいた。したがって、人の登用で失敗することはなかった。総理にとってそれは大きな安心感であったと思われる。この人に護られる人物とはどんな人であり、周辺の人とどんな人間関係を結んでいる人であろうか。人が大きな仕事をすることができる、できないは周辺の人との関係に大きく左右されている。この人を支えてやりたいと思われる人物像に迫ってみたい。

人間関係としてはタテ型のこともあればヨコ型のこともある。至適距離としては近距離の人が多い。中心人物の仕事に対する情熱に対して、感動する人をどれだけもっているかが重要な要素となる。至適距離で共鳴する人の掘り起こしも重要である。至適距離＋情熱（共鳴）が大きな仕事をする人間関係となる。

仕事をする側の人からみれば情熱であり、支える側の人からみれば共鳴といえる。この相互の人間関係によって改革や改善が進むことになる。多くの人の力が結集されることになる。この時の人の結集は自然に起こるものであり、今まで無かった人間関係も含まれる。普段から培われた人間関係ではなく、情熱と共鳴によって一時的に結集される関係である。したがって、仕事が終われば人の関係も元に戻る可能性がある。あとは何事もなかったかのように、静かな人間社会に戻り、それぞれが別の集団へと別れていくことになる。至適距離にいた友人、知人も含まれるが、この人たちは今までの人間関係を保ちながら、仕事の関係はなくなっても普通の友人としての付き合いは続いていくことになる。

仕事が旨く進まなかった人の場合もある。採用した協力者が失敗をしてしまった時や人間的な問題を起こす場合もあり、結果として中心者の責任が問われることになる。必要な協力者が集まらないこともあれば、集まった人が失敗することも存在する。お互いの人間関係もうまく行かず、結局仕事が成功しない場合も生れる。運が悪かったとか人に恵まれなかったと言われることも多い。しかし、中心者に対する信頼がなかったり、人との交際の仕方に問題があったりする場合が多い。人の上に立って仕事をする人には情熱が必要であり、それは協力を呼び起こす力となる。熱が入りすぎて独りよがりになると人に共鳴を起こさない。熱が足りないと人はついて来ない。仕事には至適情熱が必要である。仕事をする人の至適距離は少し意味が異なり、仕事に対する情熱を感じて寄り集まる人であるが至適距離にいる人が多い。遠くからかけ参じる人もいなくはないが、その人数は少ない。なかには中心人物に指名されて、遠くから呼び寄せられる人もいるに違いない。しかし、自主的に参加する人たちは至適距離にいた人たちである。至適距離の友人の友人たちも存在するに違いない。仕事の場合は至適距離およびその周辺にしておくことにする。

仕事の出来る人は、至適距離およびその周辺＋至適情熱とその共鳴者を把握できる人と言うことができる。

仕事の中心者をみて人間関係を展望してきたが、逆にそういう中心者ができるとそこに吸い寄せられる人たちもいる。例えば近くに市長選挙に立候補する人が現れたとする。その人の意見に共鳴するところがあれば、後援会が組織され事務所に雇用される人も生れる。雇用はされないが事務所の土地を貸す人もできるし、事務所の建築に参加する人もできる。後援会を拡大する仕事をする人が必要になり、経理をする人も生れる。選挙をする以上、違反にならないように専門的な知識を持った人を雇う必要がある。選挙事務長を誰にして会計責任者を誰にするか、決めなければならない。後援会の会長を誰に依頼するかを決めなければならないし、誰がそれを頼みに行くかも決定しなければならない。候補者を中心にして人の大きなうねりが生れてくる。候補の政策にどんな人が参加するか、選挙資金は誰が責任を持って調達するか、選挙を動かす中心者は誰と誰にするのか、中心者を決めることによる人間関係は敵を作ることにならないか、その検討は誰がするのか、候補者との相性はどうか、話は次々と拡がり人の動きはさらに大きくなっていく。

集められた集団は、選挙が終わると一部を除き解散していく。選挙に勝てばその一部の人は何某かの職に採用されるが、多くの人は普通の生活に戻ることになる。静かな至適距離の友人になるに違いない。当選した市長の今後に期待することになる。選挙から新しい友人関係が生れ、その後の人生に良い結果を与える人も生れるものだ。逆に、今まで至適距離の友人であった人が、支援をした候補者を異にしたため、その後疎遠になる人もできる。人の関係は支援する候補者を異にしても、その様なことに惑わされず、友情の続く場合もあることは確かだ。

人間の関係には友人としてのヨコの関係、組織としてのタテの関係など、いろいろの関係が存在する。それらについて見渡してきたが、見落としがあるかも知れない。総合的にみれば近すぎても問題が起こり、遠すぎても良い関係を保てない、それが人間の至適距離ではないかと思うのが私の実感である。

幾つもの山を乗り越えて行く

百寿までは辿り着かないまでも、近づいて行くにはどんな山を乗り越えなければならないのか、考えながら筆を進めたいと思う。体の臓器にはそれぞれの機能があるが、臓器が痛めば機能も低下する。私は正常でない臓器を幾つか持っているが、その最たるものは心臓であり、心房性不整脈である。普段は胸苦しいとか体調が悪いと感じることはないが、大丈夫であると思っていたら徐脈を起こし転倒する羽目になったこともあり、ペースメーカーを入れて大事をとっている。以後大きな事故に陥ることはない。しかし、リハビリをするにしても運動するにしても、無理をしないように細心の注意を払っている。「無理をしない」ことを、これからも私の基本方針にしていくつもりである。

もう一つは膵臓からのインシュリン分泌が低下して糖尿病になったことである。これは動脈硬化とも関係する重大な病気であり、私にとっては命取りに結びつく病であると心得ている。「食べ過ぎない」がもう一つの基本方針になっている。したがって、「無理をしない」「食べ過ぎない」を中心に生きなければならない。私にはこれが超えなければならない二つの山であり、これからも新しい山が現れるものと思われる。

私自身のことから書き始めたが、一般的なことで言えば、死亡率の高い順に並べれば、がん、血管障害、肺炎と続く。がんはできる部位によってその後の注意事項も異なる。血管障害には脳血管と心臓の血管が中心であり、動脈硬化でくる方が正しいかも知れない。心疾患と脳卒中でなくなる人を足せば、死亡率は高くなる。多分、がんと肩を並べるのではないか。動脈硬化の方が予防に対する対策が明らかになっており、乗り越える山が見えやすい。一つは食べるものへの制限がある。次に「運動」であり、「ストレス対策」が続く。食生活では塩分の制限と脂質の制限が中心である。野菜や海藻類は多くとることも忘れない。運動はしないと血管は丈夫にならない。朗らかに毎日を過ごすようにしなければならない。

疾病にはそれぞれ乗り越える山があり、はっきり見える山もあれば、明確でない山もある。人によって異なるが幾つかの低い山、高い山を乗り越える事になる。山には生活を制限するもののほかに、体力のように努力をして乗り越えるもの、ストレスなどのようにじっくりと対峙して知恵を必要とするものなど色々である。

病気だけではない。百寿の坂を登るためには穏やかな日々を送る必要があり、そのためには趣味を持つことも大事である。絵を描く人もいれば俳句に耽る人もあり、習字に熱中するひとも存在する。穏やかな山であるがこれを超える事によってストレスを解消し、体を鍛え、豊かな人生を謳歌することによる生きる力を伸ばす事ができる。生きる力で知らず知らずのうちに山を登っていることになる。これが一番効果的な山登りであり、これをするのはいけない、あれをするのはいけないという、いけないずくめの山登りとは雲泥の差がある。百寿に向かう山登りには、趣味に熱中するような生き方を多く取り入れる必要がある。何かの研究に熱中するのもよいかも知れない。

私は最近毎年一冊の本を書くようにしている。同じようなことを繰り返し書いているが、それでも少しずつは前進している。来年は何を書くかを考えると新しい事の勉強にもなる。当分続けるつもりであり、効果的な山登りになっていると考えている。この原稿は来年の原稿であるが、すでに一五〇頁ぐらいになっている。今年は「さらば米寿」の題名で、間もなく出来上がる。その中で、日本の年金制度に触れ、「超高齢者年金制度」の短文を掲載した。国を動かし、新しい年金制度の創設に結びつけたいと考えている。胸躍る出版であり、これによって大きな山を登ることができたと思うし、百寿へ一歩近づいたと感じている。糖尿病の「食べ過ぎない」の山を登る事を思えば、喜びを感じながら知らないうちに山を登っていることになる。厚生労働省の人たちがどんな反応をしめすか、楽しみである。簡単に書くと、国民年金も一部二階建てにする案で、財源上八五歳から二〜三万円上乗せをする制度である。

話は余談になったが、効果的に山登りする方法は他にも考えられる。特に体を動かすこと、例えばリハビリをする、踊りをするダンスをする、ゴルフをする、スポーツジムに通う。体を動かすことによって心身をほぐし、血行を良くして体力を増進させ、心の解放を成し遂げる事ができる。趣味と運動を兼ね備えて行うことができ、効果は抜群である。体に合ったスポーツは良いことだ。

一番大事な事は何か、それは百寿へ向けて何をするかの目標を明らかにすることであり、それへの努力を惜しまないことである。私の目標は、制度として格差のない年金、医療、介護の確立であり、それへの努力に尽きる。成年期にどんな職業に従事していても、同じ制度を受けられるようにしなければならない。それを達成出来るには一〇年の歳月を要する。私にできる仕事として、その盲点を指摘したいと考えている。そしてもう一つは、些細な事であるが、百寿までに一〇冊の自叙伝を書くことである。現在五冊目を書いている。そして、あと五冊、二年に一冊の割り振りになる。そんなに書くことがあるか、今の私はそう思っている。しかし、今までもそうであったように、書き始めると湧き水の様に色々のことが出て来るものである。これからの経験もある。生きていれば書けると思っている。今年の暮れには六冊目を書き始めると思うし、特徴のあるものを書き上げたいと念願している。間もなく出版する「さらば米寿」の次はどんな題名にすべきか考えている。次の文章の中に「一路平安な旅路は可能か」という一文を書いたので、「一路平安」か「平安一路」という題名にしてはどうかと考えている。「さらば米寿」は米寿から逆噴射で若い方に向かう気力で書いたが、次は百寿へ向けて元気に飛ぶ姿を書きたい。「さらば米寿」で書いた年金制度が国会でどう取り上げられるかにもよるが、状況によっては「一路平安」の中で、年金制度をもう一度取り上げたいと考えている。

百寿への道程は計画の立て方によって遠いようで近い。百寿までの間に一〇冊の自伝を書く計画を立てると、二年に一冊の割り振りができて、百寿は近くに見えてくる。スケジュールにのせるとその間の日程が埋まり、楽しみが増すようになる。山を越える具体的な計画が立ち、細かなスケジュールまで決まってくるため、日々の生活に張りができる。したがって、目標に向かって進むにはスケジュールを立てることが重要であり、効率よく山を越える事ができる。スケジュールも何時何日に何をするかを書くだけでなく、何時までに何を考えておくかをメモとして書き留める事が大事である。何を考えておくかは、時間が経つとすぐ忘れてしまうものである。気付いた時にメモにすることを忘れてはならない。すると何日までに何をするかが明白になり、いろいろ検討を重ねることになり、楽しみややり甲斐が生れてくる。

以上いろいろの事を書いたが、百寿への山には様々な乗り越え方があり、大きな努力が必要なものから、簡単に知らず知らずのうちに超えるものまで存在する。一番大変なのは病気を克服するための苦労であり、食べるものの制限などはかなりの忍耐が必要である。ストレスをなくするためには精神力が必要であり、その人の性格も関係するので負担の大きいことがある。その意味では病気との対決が山登りの中で最も厳しいものになる可能性がある。誰でも美味しいものはあるし、好きなものも存在する。それを制限する事は苦痛を伴うものである。そして、いちばん実行しにくいのも「食べ過ぎない」である。うっかりすると「食べ過ぎている」のだ。明日からは、と思いながら、明日も実行できない自分を発見する。これでは山を登っているのか降っているのかわからない。私も病気との対峙ではこんな日々を送ってきた。

朝晩の血糖値をはかり、その値を確かめる様になってから、これではいけないと決意を新たにした。

多くの人が何度も決意を新たにして山を登る。それが病の山越えの姿である。これが最後の決意だと自分に言い聞かせながら、決められたことに挑戦をする自分の姿を何度も見ている人が多い。

それに比べて自分の好きなスポーツや趣味に挑むのは楽しみが先に立ち、苦しみ抜きで山越えができる。熱中するあまり体力を消耗しない様に気を付ける必要はあるが、一つのことに心身を打ち込んで行くことができるし、山の向こうに晴れ渡った谷間の景色が見える。明日も晴れると思いながら好きなことへの情熱を傾けることができる。山の向こうには平野があり、街がある。そんな夢をみながら決められた道を登っていくのだ。こんな日々をもっと取り入れて行けば病気の山も易しいものになっていく可能性がある。ここはもっと工夫の必要なことかも知れない。穏やかさは体の機能も好転させる可能性があり、良い人生を歩むことになるかも知れない。百寿まで辿り着かなくても、豊かな気持ちの中で生涯を全うする可能性もある。

すでに書き終えた様に、これから先の計画を立て、何時までにどんなことを纏め上げるかを明らかにして、自分の好きなことを織り込んで行く。山は近くなり山の景色も見事になり遠くの海も近くに見えてくる。年齢とともに低下している体の機能も、穏やかな心身の状態の中で快復していくことも考えられる。体の事も医学だけに頼っていては快復しないかも知れない。人の持つ様々な機能は体全体の中で活動しているので、嬉しい日々が続けば、自然と快復していくものであるかも知れない。喜びと体の機能回復については誰も研究していないのではないか。ＹＡＨＯＯで調べると理学療法士さんなどが研究発表をしているし、介護士さんも結果を発表している。全くないわけではないが、数は少ない。医師の研究は見当たらない。

全体として言えることは、病気になってからそれを治すための努力は大変であるが、その前に趣味を生かして病気を本格化させない対策が必要であることが見えてくる。山は高くしてから登るのではなくて、高くならないうちに乗り越える工夫が大事であることを教えている。現在の医学はそれほど進んでいないが、年齢とともに体の機能低下を起こさない工夫が大事であり、生活の中で喜びを感じながら回復させることがあるはずである。医学に教えられると言うよりも、生活の現場から体験を引き出すことが大事である。

病気の山を登らず、物事に挑戦する山を登ることが、百寿への近道のように感じるが如何であろうか。ただし今のところ、そうする事によって、病気への山がなくなる保証がない。山が低くなる証明もない。しかし、私は山が低くなるような予感がしているのだ。ストレスがとれ、体全体の機能が良くなれば、部分的な機能も回復すると考えられるからだ。

まだ医学的解明は進んでいないが、治りにくいところの回復を図るよりも、治りやすい方法で病気に挑戦することの方が、結果として効果的ではないかと考えられる。山は登りやすいところから登る方が得策だ。私は好きなことに挑戦する機会を増やし、嫌な思いを避けながら、物事に熱中するようにつとめている。趣味に熱中すればストレスも無くなり、体調も回復するように思われる。高くはないが良い山を登り続けることになり、楽しむ毎日が連続する。

新しいページの一行を書くとき

新しい本を創り一ページを書き始める時の緊張感は格別である。私は「日々挑戦」「さらば米寿」の二冊を書き、今三冊目に立ち向かっている。一ページを書くときの緊張感は心地よい。

ここで何を書くべきかを考えながら進めていく。しかし、出来たものをみると、はじめの予想とはかなり違ったものになることも多く、思いも寄らない内容を書き込んでいることもある。予定したものを書くよりも、書き込むうちに想定外の内容になったところの方が読者には好感をもってもらうことが多いようだ。この本の新しい一ページは何を書くべきか、あれこれと考えながらペンを握りしめる。二冊の愚著を読み返してみると、これらの本を書き始める時には想像もしていなかったことに、生きることの苦しみでもなく楽しみでもない、なぜ生きることになったのかという意味合いが浮かび上がり、これからも続けるためにはどう生きるかを考えるようになる。楽しみとか苦しみは結果であり、その前になぜ生きることになったのか、それは偶然の積み重ねなのかどうか、今まであまり考えて来なかったことを書き始めている。そんなことは神のみぞ知ることであり、人間の考えることではないと言ってしまえばそれまでである。それなら自分が生きているのは神が決めていることであり、自分の関わり知らないことなのかどうか、そうでもないような気がする。私の辿り着いた結論は、偶然は創り出すものであり、その積み重ねが生きることに結びついている、とのことであった。私は大腸ガンになり紙一重のところで生き残ることができた。そこには一人の医師の必死の追求があった。私の貧血である。三九〇万／立方ミリ、他の医師は高齢のための数字であり異常ではないと診断した。しかし私の友人医師は、同じ高齢者でも貴方のような活動的な高齢者にしては少なすぎる、何処かで漏れているのではなか、執拗に検査を求めた。結果は回盲部の大腸ガンであった。友人の医師は一〇年来の交際であり親友の間柄であった。結果は紙一重のところまで進んでいたが、立派な手術と免疫療法で私は生きかえった。偶然の積み重ねのように見えるが、そこには育んだ友情が存在した。

私は不整脈がありその徐脈から岡山駅で転倒し、頸椎打撲で四肢麻痺をおこした。救急車で岡山大学病院に運び込まれた。この岡山駅で転倒した時、救急車が来るまでの間、通りがかりの人が心臓マッサージをしてくれた。この人がいなければ私は生きていることは出来なかったかもしれない。考え方によっては、偶然通りがかりの人に心臓マッサージの出来る人がいたことになり、私は助けられた。これは全くの偶然に近い出来事であったが、運、不運の巡り合わせに助けられたことになる。名を告げず立ち去ったこの人に感謝をしながら私は生涯生き続けることになる。偶然には全くの偶然に近い場合もあり、偶然は創り出すものと言いがたい場合もあるのは事実だ。しかし、私たちには見えないけれど、精神的な世界では偶然を紐解くことができる何かが存在する可能性も考えられる。私はそう信じるようになった。偶然にも濃淡はあるが、創り出すものの中にすべてが入ってくることもあるのではないかと考えるようになった。

貴方は神の世界を信じるようになったのか、といわれるかも知れないが、何を持って神と名付けるかの問題であり、自分が説明出来ないことはすべて神と呼ぶことにするならば人によって神の範囲は違ってくることになる。物理学の知識が乏しい私には、知人の創ったテラヘルツ波を含んだ水は神の世界である。化学ではpH一二は強アルカリであるが、噴霧する瞬間に中性になり皮膚、粘膜に障害を与えることはない。私は殺菌水として日常的に使っているが理解の出来ない存在であり神の水と言えるかも知れない。ある親しい人が夢で会いに来て、間もなく死亡の知らせが入ることは良くあることだ。神の世界かも知れないが、夢は現実の世界である。私は怪我をした後、夢で亡くなった兄の見舞いをうけた。麻痺した足をさすり、これで少しは良くなると言ってくれた。その翌朝、恐る恐る歩いてみると前日よりも歩きやすくなっていた。不思議なことに歩きやすくなっていたのだ。亡くなった兄の夢であり、麻痺した足が良くなる筈がなかった。しかし、現実は少し回復していると実感した。麻痺という神経系統の障害は精神的な影響を受けやすいと思わざるをえなかった。これはまさしく神の世界であり、医学の世界では簡単に信じて貰える話ではなく、笑い話にされてしまう可能性がある。夢と良くなる時期が偶然一致したと言われるにちがいない。治りたいと思う一念が夢を呼びリハビリの結果に偶然一致したと言えなくもない。

どうしても高齢者に結びついたことを書くことが多いが、高齢期まで生きることは幾つもの網の目をくぐり抜け、偶然の積み重ねを乗り越えて今日を生きていることが多い。多くの人がそれぞれの人生に辿り着いている。自分の来し方を振り返った時、幾つもの危ない橋を渡って来たことに気づくに違いない。よくぞここまできたものだと思うことだろう。それは紙一重、タッチの差で生き残ってきた人生であり、自分には運が向いてくれたお陰で今日があると思うに違いない。紙一重は全くの偶然か、神の力が働いたと考えるかはその人の考え方である。私は、偶然を創り出したものと考え、説明の出来ない神の領域も含めることにしたのである。今は説明出来なくても将来は説明できるかもしれない分野を偶然の中に含めているのだ。その中には将来も説明できない部分も含まれるかも知れない。

鍼灸の世界では手足の不全麻痺が明らかに回復する例が見られる。脳神経を通じての回復でないことははっきりしている。脳細胞から解剖学的に神経系統を通過しないで人体各部との情報交換が存在することは証明されている。専門家の間では「生体マトリックス」などと呼ばれているものだ。鍼灸の治療で、歩けなかった人がすぐに歩けるようになることがある。今までの解剖学では考えられなかったことである。末梢神経は麻痺したままで動けるようになる。皮膚への情報経路を通じて情報交換が行われたことになる。偶然歩ける様になったわけではない。今までの医学界が神経経路以外の情報経路を知らなかっただけのことである。

アメリカは鍼灸の考え方を取り入れ、西洋医学の欠点を補い、他の代替医療とともにガンの治療に生かし、ガン完治率を高めている。日本の西洋医学は鍼灸を排除することが多い。そこから起こった治療結果も信じようとしない。麻痺した足が一時的にも動く筈はなく、歩けるわけがない。頭から拒絶する医師が多く、妄想の世界に封じ込めてしまう。例え一例でも起こったことは今後も起こりえることとして研究する学者の出現があってもよさそうに思われるが、そういう奇特な人も存在しないし、興味を示す人もいない。

体に効果のあるものを考えている人は医師以外の職種の人が多く、全く発想を異にする存在が多い。太陽光からテラヘルツ波を取り出し、水に抽出してテラヘルツ水を作った人がいる。ウイルス、細菌の殺菌作用が九九・九％あり、皮膚や粘膜に異常を起こさない。野菜の鮮度を保ち、悪臭を消し、汚水から飲料水を作る。体にも様々な好影響を与える。別の知人は基礎代謝を改善するＭＤα水を作り、体に蓄積した化学物資の分解・排泄を可能にして、免疫力を高めることを考案した人がいる。以上二つの水を混合してＭＤα・テラ水を作り、家内のリウマチの痛みに使用したところ、噴霧後一〇分以内に著効が現れ、少なくとも一二時間は持続した。二四時間持つかも知れない。リウマチそのものへの効果については検討する必要がある。私もＭＤα水の服用を続けているが、二年間続いた手のシビレがかなり改善した。左手の指の不全麻痺も改善がみられた。今までの医療では改善しなかったことである。しかし、これは一時的な改善でまた元に戻る可能性もあるから、回復したと言い切る事はできない。

ガンに罹患したある人が娘に勧められＭＤα水を服用したところ、化学療法の副作用が全く出ず、しかもガンは完治していると医師から聞いて驚いたという。一例報告ではなく数名の同様な結果が出ているという。化学療法が完璧に効いたのかもしれない。ＭＤα水の効能かもしれない。もし事実なら大変な結果であり、薬でないものを効果があるというのは薬事法違反だと責め立てるのではなく、謙虚にその内容を検討すべきである。患者中心の医療とは、そういうことではないだろうか。効かない治療法を護るために、効く治療法を責め立てることは不合理である。役所はそういうために存在するのではないはずだ。基礎代謝を改善することがどんな影響を与えるのか、よく検討をして貰う必要がある。ガンの治療を目指したものではなかったが、偶然そうなったものなのかどうかも検討する必要がある。治療薬は偶然から生れることもあるからだ。

さて、医療のことばかり書いていると、興味のない人からお叱りを受けることになるだろう。話題を変えたい。

私は漢字を忘れていることが多くなり、手紙を書くときはできるだけ自筆で書くことにして、パソコンを使わないことにしている。パソコンで字を映し出しながら、それを自筆で書き、忘れを防止し、記憶を新たにしながら手紙を書くのが日課である。最近ではかなり記憶が戻り、漢字が書けるようになる。友人、知人からも自筆の手紙を書いたことに対する謝礼の返事が来るようになる。特に米寿を迎えてから、米寿の自筆は喜ばれるようになった。不思議なものである。高齢者の自筆の手紙はそれなりに存在価値があるらしく、わざわざ自筆の手紙をいただいて、と書いてくれる人が多い。

私も百寿を迎えた人から自筆の手紙を貰うと嬉しく思う。漢字も略式の当用漢字になる前の難しい字が書かれていると、懐かしくもあり、手紙の重みを感じることが多い。医学の医も学も難しい字であり、もうパソコンの漢字表からは出てこない。その医学を昔の字で書いた手紙を貰うと胸のときめきを感じる。自分も自筆の手紙を書こうと思う。字は上手に書かれたものよりも特徴のある字に好感を持つものだ。大きい字小さい字の不揃いも嬉しいものであり、時々横の行にはみ出る様な字に出会うと喜びがこみあげる。封筒の表をみただけで誰がくれた手紙であるかが分かる。私は転倒して手の筋肉が麻痺してから、縦の線が真っ直ぐに引けず苦にしていたが、最近はそれも私の字になってきた。多少のいがみは特徴があって良いものだ。

私は書道をやっていたが、今年は展示会に大きい字を書くことにして、久しぶりに太い筆を持つことになる。今まで気づかなかった事であるが、立って机に向かうと足にかなりの力がかかる。書くことが全身の筋肉を使う事が分かる。左足の筋力が弱いため足に力が入りにくい。それは字にも影響を与えることになり、字に力強さの出ないことに気づく。

無理をして稽古を続けると、夜寝てから足に痙攣が起きた。

左足の弱さをどうカバーするか、考えなくてはならないことになる。

字を一つ書くにしても体中の筋肉を使うことを初めて知り、足の筋肉は歩くだけに使っていないことが分かった・良い字を書くには体力が必要であり、健康であることが重要である。もちろんその日の精神状態が穏やかであり充実していることも大きく影響するのは当然である。心身ともに健康でなければ良い字は書けない。

自筆のペン字にしても同じことであり、日によってうまく書ける日とそうでない日があり、独特の線が引ける日と引けない日がある。大きめの字と小さい字とのバランスも良い日とそうでない日がある。相手の心に残り、印象に残る文字で、中身のある文章を書きたいと思う。

手紙は文字もさることながら文章の中身が大切であることは今更いうまでもない。

対人関係は手紙のやりとりだけではない。最近はメールで簡単に思いを伝えることが多くなっている。短い言葉で、あっという間に意思疎通が出来るらしい。私はメールを早く打つことも出来ないし、簡単な言葉も知らない。メールは不向きである。

電話は、早く話して早く終わらないと高額につく時代の癖が抜けきらない。電話は端的に話し早く終わるものと今も思っている。時間を持て余しながら、だらだらと話し続けることは出来ない。「後は手紙で、真意をお伝えすることにします。今日は取り急ぎお知らせまで」と電話を切る。ガチャンと切る、感じが残っている。電話は要件のみでガチャンと切り、メールは電報がわりに急いで一言を伝える。そこに無駄な時間が入る隙間はない。

人と話をする時間も男は若いときからそれほど長くはない。特に技術を持っている人は黙々と仕事に打ち込む時間が長く、仕事の連絡以上なくなり、一人でテレビを見るか散歩をするぐらいで話題は少ない。しかし女性は違う。若いときから話し相手を何人も持ち、共に会食をする機会も多い。高齢になっても話し相手は増えても減ることはない。介護施設に行ってもすぐに友達となり、お互いが家庭のことを話したりして打ち解けていく。どこまで気持ちを許しているかは別にして話し相手にはことかかない。

話すのも演説はまた別である。普段の話しは上手でも演説になるとそうでもない人と、普段の話しは面白みがないのに演説をさせると迫力があって興味深い内容を語る人がいる。

上手な演説とは何か。半時間なり二〇分なり与えられた時間の間に言いたいことを明確にしなければならない。それを聴衆に納得させるためにどんな話し方をするかである。例え話で納得させることが上手な人もいれば、正攻法で理屈を積み上げ説得しようとする人もいる。私は例え話を出して納得させる手法が得意な方であった。しかし、なるほどと思える話しがあるかどうかである。なかなかそんなに旨い話しが出てこないこともある。政府与党になると国民受けをすることばかり発表することはできず、厳しい内容も提出しなければならない。

私は大臣の時、医療保険を保険者本人も三割負担になる事を断行した。「皆さん最近四字熟語が重要であることをご存じだと思います。例えば先の字がつく四字熟語をご存じですか、先手必勝ご存じですね。将棋をする時も碁を打つときも先手を続ける事で勝つことができますね。物事は先手が大事です。もう一つ、先の字で先刻承知はどうですか。よく考えている人は、先刻承知の筈である。『知らないとは何事か！』そういって叱られたことはありませんか。さて皆さん、ここまで来ればもう一つ、私が言いたい四字熟語、何だと思いますか。それは先憂後楽、先にたつ者は国民よりも先に憂い、国民が楽しんでから後で楽しむ。政治家の生き方を教えた四字熟語です。私もこの様にありたいと思っています。この言葉は一般的には、辛いことは先に済ませて楽しいことは後で味わう様にしよう、と言う意味でも使われています。先に憂い、後で楽しむ。皆さん如何ですか。

私が何を言いたいか、もうお解りのことと思います。病気になった時の保険料は先に納めて、病気になれば早く快復する制度が大事だと申し上げたいのです。苦労は先にして、後が楽になる様にする。それが先手必勝であり、先刻承知のことだと思う次第ですが、如何ですか」

この演説は拍手喝采で旨く進んだ。先手必勝、先刻承知と引っかけて先憂後楽で結んだ。「先」のついた四字熟語三つを使った演説であったのだ。演説の始めに四字熟語は人生の教訓を教えているものだという話しをしてあるのだ。用意周到の演説であった。

もう一度話題を変えたい。

昔、家には家紋があり大切にされてきた。個人と個人の交際には手紙があり電話やメールがあり、個人対大衆の場合は演説があったりするが、家対家の交際にはそれなりの風格を必要とした。もちろん資産や家の構えも重要であるが、家柄も重要視された。家が重要視されなくなった現在、家紋など忘れられていることが多い。坂口家の家紋は七本矢で円形に七本の矢が並んでいる。祖父などは坂口家が武士の出身であることを示していると誇りにしていた。矢の家紋も矢が二本のもの、五本のもの、八本のものなどあるが、七本のものは珍しいという。今は武士の出身であることが誇りに出来る時代ではないし、家紋はどうして出来たのか、その由来も判然としていない。家紋が一般化されたのは平安時代からであり、さらに遡れば縄文時代、弥生時代にもその片鱗は見られたとのことである。坂口家の先祖がその頃どんな役割をしていたかを示すものは何も存在しない。私の先祖は一〇代さかのぼれば一〇二四名に達し、二〇代さかのぼれば一〇〇万人近くになる。その中の一人か二人は武士になっていた者もいるだろう。もっと多くの先祖が武士であったかも知れない。中には七本矢の家紋を貰った者もいたかもしれない。多くの先祖の中の誰かが七本矢を坂口家の家紋にしたことだけは間違いない。だからといって、優秀な一族の末裔であると誇りにできるわけではない。しかし、私の父方の祖父が誇りにしていたことだけは事実である。

　祖父は明治の前の慶応の生れ、その数代前の先祖が藤堂高虎の一味として、現在の愛媛県（伊予の国）から三重県（伊勢の国）に来たことだけは確かである。しかし、津の初代藩主になった藤堂高虎の一族として、津市に居を構えることはなかった。津市には現在も伊予町が存在する。坂口家の先祖はその名を佐助之丞と言い、近江と伊勢神宮を結ぶ中間に栄えた山里、福田山村に居を構えた。当時寺院が一〇数件あり、忍者の出入りも多かったという。その福田山村に居を構えたのは、藤堂高虎の見張り役を命じられていたからだと、祖父は私に話した。祖父も多くは語らなかったが、藤堂一族の高級武士が出入りをして、村人からは不思議な存在に思われていた。藤堂は一生のうちに、仕えた主君を七人も変えた人であり、藤堂の挙動を探る人も多かったという。

したがって、藤堂は絶えず周辺を見張り、自分の身を護っていたのだ。佐助之丞はその大役を命じられた一人であり、山深い村で生涯ひっそりと暮らしていた。武士の類いか隠密の類いか、伊予の国から妻もめとり、近くに親戚縁者を作らなかったという。親戚縁者から藤堂に対する情報が漏れることをおそれたからだと思われる。この山里周辺には明治まで坂口家の親戚は一人も存在しなかった。

この藤堂家との関係は江戸中期以降の話であり、伊予の国での関係は不明であるし、家紋は平安時代からのものであるはずだ。主にどんな家柄を辿ってきたのか良く分からない。七本矢の家紋だけで先祖を計り知ることはできない。しかし、家柄を重んじた昔は家紋を大切にしてきたことは間違いない。江戸末期から明治への移行期に生れた祖父が家紋を誇りにした理由はそれなりにあったものと思われる。現在で言えば、名刺代りに使っていたともいえる。私は名刺に七本矢の家紋を入れてみた。しかし、これは何かと質問をした人はわずか一人に過ぎなかった。おそらく会社のマークと思ったのではないか。現在では家紋はその役割を果たさない。時代と共にそれぞれの役割は変化するものであり、首相官邸・政府・内閣府も五七桐の御紋を使っているが誰も政府の印であると思っていない。首相が話をするとき、机の正面に桐の御紋がついているが誰も記憶をしていない。「この御紋が目に入らないか」と言った時代の遺物である。

もう一つ使わなくなっているものに、花押がある。名前の下に印鑑代わり独自の花押を書く。これも平安中期から使用されている。現在も花押を書いているところがある。それは閣議が開かれた時、出された法案などに賛成の署名をすることになる。その時名前の下に花押を書くことになっている。現在も閣議の時には書かれている。日本の中で定期的に花押の書かれている場所はここだけではないだろうか。私も自分の花押を持っているが、普段使うことはない。その昔、その人の書き残したものが重要視された時代には花押も大きな役割を果たしていた。

家紋も花押も古い遺物になってしまい、本来の役割を果たしていない。

家よりも個人の人格が重んじられる時代であり、人の内面を何で表現するかも変化するこの頃である。

新しいページの一行を書くときの感動は、まわりまわってここまで来たが、果たして読者に何を与えることが出来たであろうか。これからの社会はどの様に変化をして、人と人との交流は何によって行われる様になるのか、頬杖をついて考える人にならざるを得ない。

ＡＩがさらに発達して、語った声が文章に置き換えられ、修正され、ただちに送られる。語りかける姿もズームされ、話し合う相手を限定しておく必要がある。友人の多い人は対応で仕事ができないことになる。ズーム友達、メール友達、郵便友達などに振り分けて対応することになるものと思われる。私などは郵便友達を増やし文字を書くことによって字を忘れない様に配慮する。相手の字を見て楽しむゆとりも残すことができる。選択の時代が訪れると考える。選択の幅を拡げる社会を作りたいものである。

第四章

百寿に向けて、思いを語る

ともに老いることは好ましいけれど

夫婦の間では、どちらが後にのこるのか、多分私の方が早いと思うから、後はこうして欲しい等の会話があるものだ。その通りになることもあるし、逆のことも多く存在するのは世の習いである。日本の統計をみると、二〇二〇年の平均寿命は男性が八一・六四歳、女性のそれは八七・七四歳になっている。間もなく二一年の統計が出ると思われるが大差はないだろう。女性優位であるから、同級生なら女性の方が後に残る確率が高い。

高齢者住宅に入っている現場の人をみても、女性一人が多く、男性一人は少ない。夫婦で入っている人はどちらかが病気であり介護の必要な人である。男性に脳出血、脳梗塞などの後遺症のある場合が多い。一人暮らしになった女性も次第に体力を失い、認知症や車椅子の生活が多くなって行く。どちらが残るにしても問題は多い。

女性が残った場合は生活費が問題になり、男性が残った場合は介護のことが問題になる。両方が残っている場合は健康度がどうか、高齢者同士の人間関係が大きな問題となる。ともに老いることは好ましいけれども、高齢者特有の人間性がぶつかり合うことになり、日々の生活をどう乗り切るか、想像以上の困難が付きまとう。

高齢化が進むと記銘力（新しいことを覚える能力）が低下する。また、過去のことは記憶しているものの、想記力（以前のことを思い出す能力）も低下する。お互いに過去のことを話し合ったとしても、一方が具体的に思い出しても片方が大まかにしか思い出せない、夫婦同じに居合わせたことでも差が出てしまう。「あの時貴方はこう言ったじゃないの」、「そんなこと言ったかなー」話のすれ違いが起こる。こういう行き違いはしばしばである。また、高齢化によって頑固になり、人を疑う感情が強くなってくる。財布を何処かに入れ忘れると、誰かに盗られたのではないか、と言い出す。仕舞い忘れではないかと一方が言うと、絶対ここに入れていたと頑張り出す。盗られた、盗られない、入れ忘れか、そうでないか、僅かなことで二人の諍いが起こる。こんなことが日常茶飯事に起こると、人間関係はだんだんと歪んでしまう。

高齢者に多い病気に「老人性うつ病」があり、「一日中ぼんやりしている」「何となく元気がない」といった症状が認知症と似ていることから、間違われることが多い。しかし、「老人性うつ」は肉体的な症状を訴えることが多く、症状も多様である。頭痛や肩こり、手足のしびれ、耳鳴りなどがあり、内科的な検査をしても異常の見つかる事はない。原因は周辺に起こる環境の変化によるものと、配偶者との死別、老化による心身の変化など心理的要因によるものがあげられている。人に会う機会が少なくなった時や、病気がなかなか治らない場合なども原因として上げられている。物忘れは認知症にも「老人性うつ」にもみられるが、認知症の場合は次第に重くなっていくが、「老人性うつ」ではあるとき突然に数日前のことを思い出せなくなり、不安の感情が高まることになる。認知症は問題行動を起こしても自責の念を感じることはないが、「老人性うつ病」の場合は周囲に迷惑をかけると自責の念が強くなる。

「老人性うつ病」の場合は周辺の人との関係に敏感であるだけに、夫婦の一方におこると日々の生活は難しくなる。肉体的訴えがあればそれに振り回されることになり、迷惑をかけていることを気にして、さらに塞ぎ込むことになる。その介護に手を差し伸べなければならない。いずれにしても手間暇のかかる相手をもつことになり、日常生活は憂鬱の日々となる。しかし、この病気は治る病気であり、早く気づくことが大事である。

認知症はもう一つ深刻である。徐々に重症化し最後まで一〇年の歳月をみなければならない。多くの研究者や臨床家が治療に取り組んでいるが、まだ完全に快復させるまで至っていない。早期診断で進行を止めるところまで至っているかどうか、難しいところである。正確には、進行を遅らせることが出来るところまでは来ている。認知症はその人が持っていた人間性が失われること、経過が長く周囲への迷惑度が高いこと、など家族の間でも処理できないことが増えてくる。徘徊が始まると誰かが行動を共にする必要が生れる。夜間に徘徊をすると家族も眠れないことが始まる。老夫婦の間では、対応が難しい。外出すると近所にも迷惑をかけることになる。

もの盗られ妄想なども楽ではない。いつ、どこに、何を入れたかを忘れてしまい、あの人に盗られたのではないかと、身近な人に疑いをかける。人間関係が悪化するもとになり、家族は断りを言い続けなければならない。「貴方が仕舞い忘れたのではないか」と言うと、激しく反発することもある。病状はさらにこじれてしまう。

ともに老いるのは好ましいけれど、時として相手に病気の始まることもあり、その時の対応も考えておく必要がある。一人の方が良かったと思うこともあるに違いない。老いてからの病気は慢性的なものが多く、介護の必要なことも頻発する。加えて自分の方も老体であり、体力が弱くなっているから複雑である。いつまでも、相手に頼りながら、生きて行けると考えてはならない。二人揃って高齢化することは好ましいことではあるが、それなりの苦しみを覚悟しながら生きることを意味する。相手があることは、介護をする側に立つ可能性があることを自覚しながら生き延びることである。

脳出血で倒れ、半身麻痺の後遺症を持ちながら生きる人がかなりの人数におよぶ。配偶者に介護を依頼する人が一般的である。夫が病気になり妻の介護を受ける場合が多い。受ける側の患者の苦しみは言うにおよばず、介護をする側の苦労も一通りではない。ともに老いながら日々の生活に苦労を重ねている。喉元を通り易い食べ物の準備から、排泄処理を行い、褥瘡に注意して、麻痺した手足のマッサージも忘れることはできない。介護制度を利用して、看護師や介護士の応援をうけることはできるが、家族として行う仕事量は計り知れない。いつまで続くか知れない道を歩み続ける思いであろう。夫婦にとって予期していなかった最終のコースであったに違いない。年をとっても二人で元気に旅行に行きたい、そんな思いで若い頃は暮らしていたに違いない。しかし現実は覚悟のいることであったのだ。

一人になれば気楽で良いかと言えば、そうではない。男性が後に残った場合は即日常の生活が問題になる。息子夫婦と同居すれば、嫁に負担がいく場合もある。それでも元気な間は息子夫婦にお願いして何とかなる。しかし、何処かに異常が出来て介護が必要になったとき、妻のいないことが身に沁みる。なぜ自分が後に残ったのか、その時悔やまれることになる。

逆に女性が後に残ったときは、健康な時の日常生活は問題ない。ただ生活費が充分かどうかである。年金も男性中心の制度が続き、夫が生存中は生活をまかなえるが、夫の死後は半額になり厳しくなる事が多い。財産や蓄えが充分にあれば問題ない。世間では自分の国民年金五万円に亡くなった主人の年金五万円強、一〇万円から一二万円位で生活している人が多く存在する。田舎では生活出来るが都市部では難しい。東京ではさらに困難である。

人間は支え合って生きているが普段は分かりにくい。一人になればそれぞれ不足する部分が生れてくる。健康の時でも支障がなくはない。病気になったときは生きることが難しい時もある。慢性の病気が多いだけに、困難が付きまとう。

私は八六歳の時に、岡山駅頭で転倒して四肢麻痺を来した。両手両足が完全に動かない状態から生き延びてきた。岡山大学病院、香川大学付属病院、リハビリテーション病院と三つの大きい病院のお世話になりながら、必死にリハビリと対面し、生きる気力をふりしぼった。自分の力で生活できるようにならなければならない。最初の頃は下着を着替えるにしても、ボタンをつけることに苦労した。本当に良くなることが出来るか、焦燥感に悩みながら、困難との闘いを続ける日々の中で、一歩一歩であるが私は快復に向けて歩く事ができた。具体的なことは要約するが、老化する体力との闘いもあり、自力で生活できるまでに二年間の歳月を要した。一〇〇%とはいかないが九〇%以上は生きる力が快復した。今年は米寿であるが、「さらば米寿」の愚著を出版するまでになり、新しい勉強も開始した。次の愚著「平安一路」(変えるかも知れない)を書き始めている。

この数年、慢性炎症が生活習慣病の基礎的な原因になっていることを学習し、慢性炎症と免疫の関係など、関係している企業や研究所の新しい事業を提案している。脳動脈硬化症とリハビリ学を研究し始めた医師である孫にも、慢性炎症を抑制することによって脳卒中を低下させる道を研究するように助言した。

両手と右足は正常に近づいたが、左足には筋力低下が残り、歩行が完璧ではない。筋力快復に向けてさらに努力中である。必ず正常の姿で歩く、と心に誓い日々のリハビリを継続したい。完治してみせると決意している。気力で生き抜き、妻の負担を減らし、妻や家族に安心と満足を与えたいと念願している。この病気は克服できても、別な病気で負担をかける可能性もあるだろう。元気で最後まで行けるようにすべての努力を傾けて進む以外にない。

医学、医療は進歩したが、医師が患者に向けて治療する分野の成長であり、予防や患者自身の努力する部分の進歩は遅れている。高齢者が元気に老いていく道筋もそれほど前進していない。それぞれが、手探りで、老いと闘い、良かったことを人にも教えている。一〇〇歳以上の百寿者社会でどんな食べ物が流行し、どんな物は食べないか、それらの調査は意味のあることである。別の項でも書いたが、京都府の京丹後市の食生活は日本の昔ながらの食生活であり、魚と海藻類、豆と芋、玄米食などが中心になっている。自然からとれた物の組み合わせに過ぎない。高齢化に向けてできるだけ自然に近づく、そう覚えておいて間違いない。食物を消化する腸内細菌は、やはり昔ながらのものが健在であり。高齢になっても活躍するのであろう。

ともに元気に老いるためには、日々の食事は重要であり、何を食べるか迷うことがある。その時には加工したものを少なくして、自然にとれたものとそれを家庭で手を加えた漬物などを中心に食べていれば問題ない。自然に対応できる能力は、高齢化しても健全であり、衰えていない。すべてが自然に返る準備をしていると考えるべきである。

よく眠ることもその一つであり、自然に返る準備であると考えられる。良く笑うこともストレスを回避する方法であり、自然な精神状態に近づける道である。高齢者のえびす顔はそれなりに意味のあることである。自分に手慣れた仕事をするとか、好みの趣味に時間を費やすのは、安定した精神状態を作り、ストレスを排除する仕組みの一つと考えても良いのではないか。

ともに老いる時には、同じ趣味を持つとか同じ仕事を好む場合は別であるが、人それぞれ安定した精神状態を得るためには独自の雰囲気が必要になる。したがって、人にこれをしよう、あれをしようと人を誘い込むのはよくない。それぞれの違いがあるからだ。別々に生まれた人間は、別々の自然な精神状態に戻って行くからである。碁や将棋を楽しむ人同士が、折に触れて楽しむ時間を持つのは良いが、相手に苦痛を与える時間にしてはならない。夫婦といえども協力をするのはよいが、できるだけ自分の時間を作ってやることが大事である。妻だから、年をとっても自分の言うことを聞くのは当然である、と考えるのは間違いであり、早く解放しなければならない。

我一人我が道を行く、その精神が重要である。妻には妻の道あり、夫には夫の路あり、自然に返る道は別なり、である。

亡くなった時に、良い顔をしていた、ということが話題になることがある。生前良い人であったから良い顔をして亡くなったという意味で語られているのではないかと思われる。仏法では十界互具という言葉があり、生命の状態、境涯を一〇種に分類している。地獄界、畜生界や人界、菩薩界、仏界など一〇種類があり、地獄界から菩薩界までの各界には仏界が備わって居ると説かれている。地獄界の人でも、人界の人でも、仏界に移行することができる。良い顔をして死亡した人は仏界に近づいていたとの思いでその顔を見られたのではないだろうか。穏やかな微笑みを浮かべた顔は印象に残るにちがいない。それぞれの人が持っている自然な精神状態は、穏やかで人に優しいものであり、菩薩界か仏界に近い存在だったのではないかと考えられる。自然に返ることが出来れば、優しく穏やかな顔になれるのではないか。

そんな最後を迎えたい。ともに老いて、穏やかな顔で最後を迎えたい。

百寿へ元気に出発する日

二〇二二年四月一日、私は米寿を迎えることができた。孫が医学部に合格したとき、うれしさを噛みしめながら、この子が卒業するまでは生きていることはないだろう、と思ったことを覚えている。しかし何時の間にか卒業し、二年の研修を終え一人前の医師として勤務することになる。私は八十八歳の米寿を迎えていた。まさかの事が実現したのである。

私はいま、百寿や白寿まで生きる事はないと思っているが、もしかすると到達することも考えて置かなければならない年齢に来ている。ひょっとするとひょっとする年齢である。私の先輩で今年百寿を迎える人がいる。「嘘のような本当の話」そう書いた手紙をくれた。的確な良い言葉である。私も「ひょっとすると本当の話」になる可能性がある。そこまでは行かないまでも、一歩一歩近づいて行くことは間違いない。

この道を行くと百寿という里がある、途中の道は曲がりくねって厳しい坂道もあるらしい。何を心掛け、何に注意をしていけば良いか、考えながら生活をする必要がある。そんなことを思いながら、一本道を歩き始めたところであり、この文章を書き始めた理由もそこに有る。

人間は何歳まで生きられるのか、誰しも知りたいところであるが、科学的証拠が存在しているも訳ではないらしい。一二〇歳という人がいるが、それは一二〇まで生きた人が一人居るからに過ぎない。フランスで確かに一二〇まで生きた人が一人記録されている。日本ではまだ一二〇歳を超えた人はいない。最高は一一八歳ぐらいである。二〇二一年には一〇〇歳を超えた人は八万五千人以上になっている。老人福祉法が制定された昭和三八年には一五三人であったことを思うと、大変な増加である。都道府県別では人口一〇万人当たりで島根県、高知県、鹿児島県の順になっており、一番少ないのは埼玉県、愛知県、千葉県の順である。しかし一一〇歳を超えた人は一五〇人ぐらいである。一〇〇歳を超える人は増えているが、一一〇歳を超えることは至難の業であることが理解できる。とにかく、一〇〇歳までは生きる人が猛烈な勢いで増えている。

百寿の里までは仲間は多く、そこまでは珍しいことではなくなっている。ただ注意しなければならないのは、食事、風呂、排泄が自分で出来なくなり、生き続けている人が存在することである。一番注意をしなければならないのは、脳梗塞や心筋梗塞を起こさないようにに、カロリーを下げ血圧に注意することである。低カロリーにすると長寿遺伝子が活性化され、さらに長寿になるらしい。栄養失調になってはいけないが、高栄養になりすぎても良くないということらしい。

私の祖父は九二歳まで生きたが、何事も「ほどほどに」という言葉をよく口にしていた。美味しい饅頭も、もう一つどうですか、と言われても、関西弁で「ほどほどにしとかなあかん」といったのを覚えている。「ほどほど」は長寿遺伝子の活性化につながっていたに違いない。ほどほどに働き、ほどほどに食べて、ほどほどに眠る。百歳以上の共通点がいろいろ言われる様になってきたが、科学的根拠があるのかどうか。体格は中肉中背の人、女性は小太り、男性は頭のはげた人。腰回りの細い人、耳たぶの長い人。血圧はやや高め、血液型はB型、夢をよく見る人。そして、物腰が柔らかく穏やかな人。どこまで信頼できるか分からないが、前向きで幸福感に満ちた人が多いことは確かな様である。

「ほどほどに」そして「おおらかに」生きることが長生きのコツであることは間違いなさそうである。

学問的な研究も進み、いろいろのデーターが出ている。気候と百寿の関係は統計的に正の相関があり、気温の高い四国、九州、沖縄で百寿者が多い。総カロリー量はやはり逆相関であり、高齢化してからは食べ過ぎず太り過ぎない人に百寿者が多い傾向がある。病院や医師の多いところは百寿者が多いのは当然と言うことが出来る。仕事は多すぎず、余暇の多い人に百寿者が多く正の相関がある。ストレスが少ないことと関係があるのかもしれない。

京都の丹後市周辺は長寿者が多いことで有名であり、生活様式などが学問的に調査されている。この地域は百寿以上の人が日本の平均の三倍も存在する。腸内細菌には酪酸菌が多く大腸ガンが少ない。食べ物は海藻といも類が多く、タンパク質は豆類と魚が多いという。よく働き、よく話し、よく眠る。昔ながらの生活が続いている。

血液の検査では、炎症が起こっていると上昇するCRPという検査が注目されている。高齢になるとこの値が高くなりやすい。特別な検査ではなく、誰でも大きい病院で受ける血液検査の中に含まれている。しかし、百寿者はこの炎症マーカーが低く抑えられていることが最近分かってきた。急性の炎症だけでなく、慢性の炎症も抑えられることが百寿に結びついている。動脈硬化症なども慢性炎症と関連している。炎症がなぜ長寿と関係するのか、その理由は良く分かっていない。慢性炎症を伴う病気にはぜんそくやアトピー性皮膚炎、関節リウマチなどの自己免疫疾患などが良く知られている。しかし、このほか、ガン、動脈硬化、肥満、アルツハイマー病、心筋梗塞や糖尿病なども含まれる。慢性炎症は万病のもとと言うことができる。百寿の人が慢性炎症を何によって抑制しているのか、興味深いところである。急性炎症の場合は、ウイルスや細菌など外部から入ってきた物質を排除するために起こる。しかし、慢性炎症の場合は、もともと体内にあったものが変化した時に起こる。体の細胞は何時までも生き続けるわけではなく、いつかは死滅し破壊され、それを処理する作業が始まる。その処理作業が原因となり慢性炎症となる。細胞は破壊し続けるため処理は延々と続くことになる。

しかし、この数年間で分かってきたことの中に、老化細胞のことがある。人間の細胞も細胞分裂を繰り返しているが、五〇回ぐらい分裂するとそれ以上は分裂できなくなる。これを老化細胞と呼ばれている。細菌やいろいろのストレスで壊れた細胞は免疫細胞で処理されていくが、老化細胞は分裂ができないのに生き続けるものが多い。血液中に老化細胞は蓄積され、炎症性サイトカイン（特殊なタンパク質）を出して慢性炎症の原因となる事が多い。するとそれが生活習慣病の原因となり、いろいろの成人病が発生し、長寿を妨げることになる。最近の研究は老化細胞を排除するためにワクチンが開発され、医薬品が出来て、老化細胞を除去できるようになってきた。

この他にも医薬品や免疫療法で老化細胞を除外するほか、慢性炎症を抑制して疾病を抑える方法が検討されている。個別の成人病では、糖尿病やアルツハイマー病が特筆される。

生活習慣病を抑制し、長寿を延長することができる。動物実験から臨床研究へ進もうとしている。さらに長生きのできる時代が訪れようとしている。現在では一二〇歳代の人は探すのが困難であるが、一三〇歳代までは生きられると主張する学者も存在する。

私が「日々挑戦」の愚著で紹介をしたRG九二という化粧水は、急性炎症の症状を抑制する。痛みや痒みを軽減することを書いた。「痛みの水」と呼んで何時も手の届くところに置いていることを書いた。妻がリウマチで関節が痛いとき、私が扁桃腺に痛みを感じる時、「痛みの水」は即効性の痛み止めとして有効であり、炎症に効果のあるものである。ただし、大分の温泉で作られた化粧品であり、医薬品として販売されているものではない。温泉の水が流れ出るところに棲息する藻からとれた物質、RG九二には炎症を抑える効果があることから、私が独自に使っているだけのことである。髪を増やし、顔をきれいにする化粧品にすぎない。しかし、その科学的分析から急性炎症に効果があることを気づいたのだ。最近は足のリハビリを行うたびに、足部の皮膚へ化粧水をすり込んでいる。高齢化した体には慢性の炎症があることは先に書いた通りである。慢性炎症にも効果があるのではないかと考えるからである。大学との共同研究においても、炎症性サイトカインを抑制する作用が見られるからである。さらなる研究をお願いしている。

民間療法の中にも特筆に値するものがあるかも知れない。京丹後市のように全国平均の三倍もの百寿者が存在する地域には、まだ解明されていないが、何かの要因が潜んでいるものと思われる。日常生活なのか、人生に対する考え方なのか、具体的な検討が必要である。人間の集団からは新しい傾向は見つかっていない。

百寿者社会は共同社会の中に厄介なグループを増やす様な感じを与えかねない。人間社会に役立つ百寿者を増やすためにはどうすればよいか。認知症になってしまうと、医療や介護の世界でお世話になることが普通になってしまう。早期に治療を開始すれば進行を止めることができるし、やがて快復させることも可能になるだろう。高齢者に共通していることは、時間にゆとりがあることであり、それをどう使うかが問題になる。私は米寿を迎えたが、最近の様々な研究の解説を見るように心掛けている。新しい研究の方向性を見て、それぞれの企業の将来に取り入れることはできないか、参考意見として提言するように努めているのだ。企業によってはすぐに行動に移し、新しい製品の製造や今までの製品の新しい方向性を見出すところも出て来る。小さいが私の橋渡しが大きな結果を生むことにもなる。高齢者にできる重要な仕事の一つと心得ている。まだ暫くこの仕事はできると思う。新しいことの勉強は、励みにもなり、健康のためにも良いように感じられる。

私は芸術的素養がないので理解出来ないが、絵画であっても写真であっても、或いは文学作品であっても、立派な作品を世に出すことができるのではないか。今後は、百寿者絵画展、書道展などが開かれることであろう。百寿者芥川賞などができる可能性がある。

健康はすべての部分で重要であるが、特に頭と足であり、頭脳が健康に保たれ歩く力を失ってはならない。頭脳については今更言うまでもない。認知症の予防や脳梗塞、脳出血を起こしてはならない。問題は足である。僅かな転倒で骨折をおこし、入院してさらに歩行力が弱くなる。そのまま快復しない人が存在する。歩行が少なくなると生活習慣病がさらに悪化する。血糖値が高くなり、血管がさらに弱くなる。悪循環を繰り返す。老化による脚力の低下と骨粗鬆症が大きな役割を演じることになるのだ。

足の病気として一番多いのが、変形性膝関節症であり、次が骨粗鬆症、三番目が変形性脊椎症である。膝関節に異常があると歩行が困難になり、家に籠もる人が多くなる。しかし、この病気はゆっくりと進行し、最初は朝起きたときに鈍痛を感じ、動き始めると治って行くことが多く、気に留めないうちに進行することが多い。骨粗鬆症も進んでからは取り返しがつかない。骨折してからは尚更遅い。早く手を打ちたいものである。

頭の方のアルツハイマー病の研究は急速に進んできた。アルツハイマー型認知症は一九〇六年、ドイツの精神科医Aアルツハイマー博士によって報告された疾病である。物忘れが初期症状の一つであり、老齢化による物忘れよりも深刻であると言われている。よく言われるのは、老齢化による物忘れは食事をした内容を忘れているが、アルツハイマーの時は食事をしたこと自体を忘れるという。脳の細胞にベーターアミロイドがたまり老人斑ができると言われている。六五歳以上の人の六人に一人は認知症になっているというから大変なことである。アルツハイマー病の後期症状は発病後一〇年位経過して訪れる。鏡の中の自分を自分と認識できない。興奮や多動が見られる。意識障害や嚥下障害が現れる。最後の姿は書くのもむなしい思いであり、ここに至らないことを期待して止まない。

最後に、自分自身や家族に認知症の診断が出た時、どうするかを考えて置かなければならない。初期であれば進行しないように対策を立てなければならない。介護には辛抱強さが必要であると言う。同じ話を繰り返し語りかけたとしても、初めて聞くふりをして受け入れてやらねばならない、伝えたことを忘れたとしても、もう一度言い聞かせなければならない。乱暴な言葉を使っても、落ち着いて聞いてやらねばならない。

早く老化細胞が体内に蓄積しないように研究を進め、慢性炎症から生活習慣病をおこさないようにして、豊かな老後を迎えられるように期待する。人生の目的は豊かな老後を迎えることであり、それは健康面でも生活面でも同じことである。工芸品を作ってきた人は、白寿や百寿の記念にこんな物を作る計画であると、自分で祝う気持ちになっている人が多い。私のように物を作ることのできない人間は本を書き残すとか書を書き残す以外に残すものがないけれども、それでも自分で祝う気持ちになる事はできる。子供や孫たちへの手紙一つでも書き残すことができれば、永久保存される可能性がある。我が家には何代か前に、こういうお祖母ちゃんがいて、こんな手紙を書き残している。百歳まで生きた人で我が家の宝である、と言われるに違いない。長く生きるためにはそれなりの努力が必要であり、後に続く家族や後輩の手本になることである。生きる喜びを与えることになる。

私のように糖尿病があり、大腸ガンは克服したとはいうものの何時再発するか分からない者には、かなりのハンディーがあり、それを乗り越えなければ百寿は訪れない。遅蒔きながら血糖値を抑え、ガンに注意をしながら一年一年を乗り越えなければならない。百寿を目指しはするが、達成するのは難しいと思う。もう一つ心臓から出ているホルモンがある。これが多いと長寿は全うできないという。私は心房性不整脈があり、このホルモン量が多い。二重、三重に長寿を阻むハードルがあり、それを乗り越えなければならない。しかし、それでもしっかり挑戦したいと考えている。多分多くの人が私と同じであり、それぞれの抱えている疾病を乗り越えて、長寿を目指しているものと思う。

最後に豊かな生活とはどんな日々の暮らしを目指すのか、どんな生活になれば豊かであったと思うのか、そこを決めておく必要がある。

財政的に豊かであればそれに超した事はないが、限りのない話であり、衣食住の最低限の生活ができれば満足をする人もあれば、全国民の平均値以上であれば満足をする人もいる。中には上位二割の中に入っていることを希望する人もいるだろう。ここは健康を維持出来る生活であれば豊かな生活と位置づけておこう。健康維持も人によって病気の多い人、少ない人があり、病気の重い人、軽い人によって財政支出の程度は異なるものの、医療保険、介護保険もあり、高額療養費制度もあるので、それほど大きな差にはならないと思われる。健康維持ができれば「よし」としなければならない。

比較的時間に余裕のできる年齢であり、自分がやりたいと思っていたことのできる時間である。書くこと、読むこと、聞く事、何れも可能であるが、読むことは視力との問題があり、聞く事は聴力との問題がある。書くことは頭脳との関係はあるがかなり自分のものにすることが出来る。書くことの中には絵画も入り、短歌や俳句も入る。足の力があれば家族や知人と外出も可能であり、転倒を注意しながら買い物もできる。音楽のできる人は楽器を弾き、聞く事も可能であり、歌うこともできる。歌うことは朗らかになり、ストレスを発散し、さらに長寿への橋渡しとなる。歌える人は羨ましい。

健康維持ができて余暇を楽しむ時間ができれば、豊かな生活を迎えたと考えるべきであり、満足できる生涯であったと感謝しなければならない。それ以上のことは望む方が無理である。百寿へ向けて一歩一歩近づいていく努力の日々が幸せを生み出すことになる。百寿への一本道を歩みながら、道端に咲いた野花を楽しみ、愛でる日々が待ち受けている。歩みは遅くても歩み続けることである。立ち止まらないことである。それが人生の最終章であると心得るべきではないか。

百寿は終着駅と見定めて

人生はどこまで生きるのが良いのか、それは人によって考え方が異なり、多くの人は長く生きることだけが良いとは思っていない。有意義に生を終わりたいと念願している。然は然りながら、せっかく生を受けてきた以上、平均寿命までは全うしたいと考える人が多いのではないか。そこは拘る人とそうでない人に別れる可能性がある。もっと若く一生を終えても良いと考えている人もいるに違いない。私も若い頃には年齢に拘って来なかったが、年を重ねるうちに長生きしたいと思う様になった。老い先が短くなって、生への執着が生れてきたと言えるのかも知れない。これは多くの人がそうなるのではないかと思う。

平均寿命まではと思っていたが、その年齢を過ぎると百寿がにわかに湧き上がり、その道のりを考えるようになった。今もそこまでは生きられないと思いながら、終着駅まで行ってみたいと念願することもある。

しかし、今日は途中下車も考慮に入れて、行けるところまで元気に行こうと思いながら、筆を進めることにした。どこで、どんな時に途中下車をするか、あれこれ想像しながら、到着点を探して行くつもりである。

病気については、「無理な運動をしない」「食べ過ぎない」を二大スローガンとしながら、生活を立て直していく以外にない。しかし今までに心臓と膵臓の機能が低下し、体全体に影響を与えているため、昔に戻ることは難しい。何処かで途中下車をしなければならない。それは九〇歳の卒寿なのか、それ以降になるかである。今のところ、卒寿までは大丈夫のような予感がする。その目安になるのは何なのか、多分心不全になることではないかと思うが、明確ではない。予測らしい症状が続いて最後が訪れるのか、ここまで来ると突然訪れることもあるに違いない。血糖値の方は朝には良好で夕方に悪い。朝六時は一〇五までに収まり夕方五時には二二〇前後にある。ＨｂＨ１ｃは七・〇前後から六・五に近いかも知れない。いずれにしても、良くも悪くもない数字である。一日中悪いわけではないが、一日のうちで良い時と悪い時がある。血管にも影響しているものと思われる。この状況が続けば、九〇代前半が問題になるだろう。

私の父方の祖父は九三歳まで生きた。亡くなる三日前までは畑仕事をしていた。亡くなる前日父が脈をみて乱れているので亡くなるかも知れないと言ったことを覚えている。よく似たことが私にも起こるとすれば、楽に終着駅を迎えることができるかも知れない。良い方にみたときの話である。

途中下車がどの辺であるかの検討はついてきたが、これは私個人の話であり、多くの人に通用することではない。人により肝臓を悪くしている人も居れば、腎臓を悪くしている人もいる。人それぞれである。それぞれの治療を行い、食事制限や生活制限を実行しながら、体調を整えている。脳梗塞や心筋梗塞の後遺症で苦しんで居る人もいるだろう。重介護になっている人たちもいる。何れも好き好んでなったわけではないが、気付くのが遅かっただけの話なのだ。いずれも病気の途上にある人たちが苦しんでいる。言い方を変えれば、途中下車を旨くできなかった人が多い。

途中下車にはそれなりの手順がある。一言で言えば、体の変化を早く見定め、体に無理をかけないことである。大事に至る前に小事で済むことを心掛け、大きな波であれば静かに受け入れ、小さい波には後遺症が残らないようにする。問題は大きい波であるかどうかの見定めである。

今まで経験をしたことの無いような症状が来れば大波であると思って、静かに受け入れる。本格的な途中下車になる。問題は後遺症を残して不完全な途中下車になることである。脳梗塞などが起こっても早く手を打てば後遺症を残さずに済む。六時間以内が勝負という。脳梗塞には前駆症状があり、言葉が出にくい、口がうまく閉まらない、顔が半分歪む、目が片方見えにくい、片方の手足が動き難い、等々の症状が出た場合には、その後に本格的な麻痺が来る可能性が強い。脳梗塞には幹細胞による治療が進み、今までの治療が無かった時代に比べれば大きな進歩を遂げている。今まで脳細胞は再生することがないため、新しい脳細胞はできないとされてきた。しかし、近年になり脳細胞は再生することが分かり、最近では殆どの部分の脳細胞が新生され成長することが証明されてきた。食べるものによっても再生されやすいものがあるとされ、良く噛まなければならないものは良いとされている。

「ライオンのたてがみ」が脳細胞の再生に役立つ事をご存じだろうか。ライオンのたてがみはキノコの名前である。中国では猿の頭と言われている。どれに効果があるかは別にして、研究が食べ物まで進んできたことは大きな前進と言わなければならない。幹細胞による治療の発展とともに、脳は治療できる対象としてクローズアップされている。したがって、初期症状に注意をしていれば、大事に至らず不完全な途中下車になる事は無く、途中下車の対象にもならない事が現実となってきた。

今まで途中下車の代表的なものであった脳梗塞や心筋梗塞が、治療法の進歩により、置かれた立場が変化する時代に入って来たと言える。この数年はそうした変化の時代に突入し、この時代を乗り越える人と、乗り越える事のできない人との差が生れる時代になると思われる。途中下車が無くなっていけば、さらに百寿に近づくことになる。時代はそんな時を迎えていると言えるのだ。

一番避けたいのは先細り型で、自分で出来る日常生活が徐々に少なくなり、介護を受ける範囲が年々拡大して行くことであり、重介護の日々が続くことである。本人にとっても苦痛であり、褥瘡などの痛みとも闘わなければならないし、食事が取れなければ鼻を通じての栄養補給をしてもらう必要もある。排便、排尿処理も受ける必要があり、来る日も来る日も介護士の手を煩わすことになる。介護士や看護師はそれが仕事であるとは言うものの、診てもらう側からすれば、申し訳ない気持ちもあり、自立したいとの思いも続くことになる。その気持ちも無くなれば、廃人同様の重症であり、肉親や周辺にも迷惑のかかる日々が連々と続くのだ。これだけは避けたいと誰しも思う。したがって、途中下車のできる時には、自然に選択できるように考えなければならない。無理な延命治療は避けて貰う事が重要になってくる。家族があれば普段からしっかりその意志を伝えて置かなければならない。

八〇代は自分と家族でだらだら坂を下らない意志決定をする年齢であり、ことが起こったときに慌てず、平時に話し合っておく必要がある。百寿は目指すべき終着駅ではあるが、そこまで辿り着くことが目的ではない。目指す方向を示して居るだけであり、家族や社会に迷惑をかけないことを第一に考える年代であることを知らなければならない。

別の場所でも書いたが、八五歳以上の人は現在のところ六二〇万人、九〇歳以上の人は二六〇万人、五年間の間に半分以下になっている。この時期に途中下車する人が八五歳の時の半分以上に達しているのだ。九五歳以上になると一〇数万人に減少する。殆どの人が八五歳から九五歳までに途中下車し、あとは少なくなっている。しかし、百寿者は次第に増え、二〇二一年九月発表の数字では八万六五一〇人に達している。過去最高である。最高高齢は一一八歳である。これからも増えていくに違いない。そして死亡順位の三位には老衰が浮上した。それぞれの臓器の機能低下が重なり、老衰に至るものと思われる。今後、老衰による死亡が増加するに違いない。

それぞれの病気の治療法が進み、新しい革新的な治療が生れてくると、努力により途中下車する人は減り、老衰による死亡が増えるものと思われる。そして死亡年齢は八五歳から九五歳の間に集中することになる可能性がある。私は八五歳からの超高齢者年金制度を提案したが、その意義は大きいと言わねばならない。人生の最終段階に手を差し伸べることになる。老後にも高額所得のある人や高額預金者には排除することを提案したが、多くの人の許しを得るならば、この人たちにも支給することを認めても良い。年金制度で保険料を支払う制度にするときにはすべての人に支給するのが筋かもしれない。どの様な制度にするかによって、若干の変化は生じてくる。国会での議論を待ちたい。

方向性としては百寿を目指し、到達点としてはそこまで行くことに拘らず、機会があれば途中下車を試みながら、生への努力も積み重ねていく。着地点は分からないが近づいて来た予感はする。一日一日を意義あるものにするため、人に尽くせることは何かを考えながら、終着駅に向かう。人生という旅路にとって最も醍醐味のある時期を迎えた。本人にしてみれば最後の決定をするときであり、重大なときであるが、家族や周辺の人からすればここまで良く頑張ったと思うに違いない。静かな最後でありたいと思う。

老衰という死亡診断書を貰う事になれば、それは穏やかな最後を迎えた証明になるのかもしれない。体の機能が徐々に低下し、灯火の火が消えるように最後を迎える。それほど時間もかからず、せいぜい二〜三日で痛みを伴う治療を受ける事もなく、多くは家庭で終着駅に到着することが多い。多くの人が意識の混沌とした中で、何も家族に言い残すこともなく、徐々に途切れていく。大きな人生の最後にしては寂しすぎるという人もいるが、これで良いのではないか。

米寿がさらば、卆寿が今日は

ストレプトマイシンが世に出たのは戦後間もなく昭和二五年のことであった。結核で多くの人が倒れ、手術で片肺を無くした人が巷にあふれた。その結核を外科的な手術の病気から内科で治す病気に変えたのは抗生物質との出会いであったと言うことができる。わずか半年の違いで助かる人と亡くなる人とが峻別されることになったのだ。もう半年生きていれば抗生物質に出会い、生き延びることのできた人が多く存在した。人の幸不幸は時代の変化と大きく関係している。時代には大きく変化する時があり、その前後において人々の生活は助けられる場合とそうでない場合とに分類されてしまう。

時代はまた大きな転換期にさしかかってきたように思う。行き詰まっていた医学の世界も急激に新しい方向が見え始めてきた感じがする。生活習慣病の原因がシンプルに解明され、腫瘍の快復にも光が差してきたように思われる。この二～三年を乗り切った人は医学の恩恵に浴して白寿へ向けて生き延びることになり、命の尽きる人は米寿か卆寿止まりになるのではないか。

新しい時代の始まりは、医療だけでなくどの世界でも同じであるが、それを享受できる人はそれなりの費用を負担しなければならない。医療の世界では保険適用がなく、実費負担が原則となり、時としてそれは高額になることが多い。再生医療においても脂肪細胞から幹細胞を拾い培養して使用する場合でも、二千万円を支払ったと言う人もいる。たとえ糖尿病が治っても財源のない人にはできない相談である。高額所得者だけが恩恵を受けることになり、低所得者はその治療が一般的になり保険適用が認められるまでその治療を受けることができない。受けられるまでに時間がかかり、命が尽きることもあるだろう。あらゆる医療で起こる事であり、これからも続くに違いない。命には替えられないから借金をする人もあるだろう。しかし、うまく治療が進まず、多くの借財を残すことを考えると、借財も難しい。特に腫瘍など命にかかわる病気になったとき、財源があれば助かる、財源がなければ助からないと言う事態になれば問題は大きい。早く治療を受けられるように政府は努力をすべきである。

情報の提供も早めなければならい。医療に関心を持ち、早く国民に知らせる必要がある問題について、正しい知識を提供する様に努めなければならない。マスコミなどが興味本位に間違った知識を提供してしまうと国民を惑わせることになってしまう。順次解説も必要である。今後どの様な研究が必要であり、何時頃解決するかを明確にすることだ。

国が責任を持って解説する前の段階のことであっても、国保の組織であるとか医療解説をしている雑誌などが取り上げるのも一案であり、国民に関心をもって貰うべきである。国民の側から早く解決する様に声を上げるシステムも大切である。

トンネルを出ると桜の花咲く山里であるが、トンネルを出るまでは暗く長い闇の中を走る道程である。トンネルを出たと思うとまた長いトンネルが続く。医学の研究も長いトンネルの期間が多く、なかなか日の目を見ない。来る日も来る日も良い結果の出ない日が続き、実験を最初から繰り返すことが多い。私にも経験があるが、実験に入る前に長い検討期間があり、実験を組み立てて試験室に入るが思う様な結果の出ない日々が続き、来る日も来る日もトンネルの中にいるように思う。

トンネルが長ければ良い結果が待っているとは限らない。思わぬところに良い結果を見出すこともあり、毎日が勝負の世界である。多くの人が競争して研究を重ね、互いに良い結果を出しあっていることもある。多くの研究者が次々とトンネルを出て花咲く山里で会い交える時がある。各分野の研究が花を開き成功する時が重なるのだ。

医学の分野でもいろいろの研究が実を結び、医学から医療へと結びついて来る時があり、治療が大きく前進することがある。一般の人から見ると、そう言う時期に巡り会うことができれば、もう一山生き延びることができる。しかも財源的にゆとりがあるときの話である。再生医療の様に何千万円もかかると言われれば、私も受けることの出来ない部類に入る以外にない。諦めて死を待つ仲間に入る。もう少し安く一〇〇万単位で受診できないかと思う。この辺の制度を作るのが私の仕事ではないか。

米寿がさらばです、失礼しますと言う頃には卆寿が近づいている。体調によっていろいろであるが、何とか卆寿の峠を越えたいと思う。それは生活習慣病との闘いであるに違いない。体調を健康体に近づけるにはどうしたら良いか、そう言う方法はないか、考えるものである。今までの治療は検査の数字を一時的に良い方へ戻すことは出来ても病気そのものを回復させたと言うことは難しかった。一時の先送りであり、治療を中止すると元通り悪化することが続いた。

しかし最近ではこの薬やサプリを飲むと健康体に戻り今までの様に悪化することはなくなると言うものが出てきた。これを一定期間飲むと糖尿病が治りその薬を止めても元の糖尿病は現れないというのだ。これが本当の薬やサプリであると言うことが出来る。止めたら元通り悪化する、では本当に治ったとは言えない。一時的に症状が消失しただけである。

本格的な治療の時代が到来して多くの人が元通り健康体になる時代が来れば、本格的な百寿時代が訪れるに違いない。まさにその時代に突入しようとしている。時代は本格的な治療の時代となり、先ほども書いた通りガン患者に使用したところ、ガンは完璧に治り再発する事が無い。そういう時代が近くまで来ているように思われる。

治療の角度が変わり一時治癒から本格的健康体への回帰が望まれる時代へと転換する時代を迎えたのだ。まだ民間医師による治験の段階であるが、政府が治験をはじめる前に、民間レベルで治験を行い政府に結果を突きつける時代になってきたことも大きな転換である。政府の遅い対応について行けず、民間でことを進め早く多くの国民に優れた治療を普及させたいと考えるようになった。厚生労働省所管の独立行政法人であるＰＭＤＡは医薬品、医療機器の審査をするところであるが、厳しいチェックが有名であり、簡単に審査を通ることはできない。ＰＭＤＡは厳しいチェックの代名詞のように言われている。新しい医薬品や医療機器は簡単に世の中に出ることはない。その昔薬務局が審査を担当していたころ、審査に合格した医薬品が世に出回ってから問題が起こり、審査の不備が指摘され、刑事事件に発展したことがあった。医務官が有罪となり世相を揺るがした。そんなことがあってから役所はより慎重になり、審査の遅れが顕著になった感がある。役所や行政法人にはそれなりの立場があり、早いだけが取り柄でないことも事実だ。医薬品や医療機器を早く国民に届けることも重要であるが審査に手を抜くことがあってもならない。しかし、物事には限度があり、早く国民に新しい医薬品等を届けることが問題の根幹であることに間違いはない。政府は人事を充実させ、この趣旨に沿って努力をしなければならない。

この本を出版する頃、私は卆寿まであと一年となる。この一年の間に医学、医療の発達にはめざましいものがあると思われる。一番大きく進歩するのは再生医療の分野で、幹細胞から体のいろいろの臓器やその一部を創り出し、或いは細胞を増殖して注入することにより、組織を再生させる治療が大々的に行われていることは間違いない。脳細胞も増殖されるようになり、脳出血や脳梗塞の人の治療が可能になりリハビリと併用して軽快する様になるだろう。腫瘍は治る時代になり、苦痛から解放される時代になる。死亡順位の一位から次第に低下する時を迎える。治療法が全国に拡がるまでには時間がかかるかも知れない。

さて、今までは医療のことばかりを書いてきたが、卆寿の社会は医療だけではない。二年先にはどんな時代になるのであろうか。わずか二年先のことであり、今と大きな変化はないと言う人もいるだろう。しかしながら、私は変化の時代が訪れる予感がする。コロナが一段落して気づいてみると多額の財源を投入したことになる。日本の財源はこれで良いのか、税収を増やす必要性が叫ばれる時が近づいているように感じる。これから人口が減るので所得税は減る可能性がある。消費税導入の是非が問われることになる。

二年先には医療費も行き詰まり、増税問題で揺れる社会が訪れ、荒れる年代に突入するのではないか。社会保障の財源とともに安全保障の財源も問われることになる。ロシアのウクライナ侵攻は一段落するかも知れないが、日本の安全保障は待ったなしの状況を迎えるに違いない。社会保障には負担はあっても何らかの見返りがあったが、安全保障にはそれがない。別枠で何かの見返りを作らなければならない。安全保障については高齢層の理解を得られても、若年層の理解は難しいのではないか。それは若者に対する見返りの必要性を意味する。いろいろ考えられるが、若者には住宅政策を考えることが出来る。子育て対策もあるだろう。結局安全保障費の見返りには社会保障費の充実になることが多い。丸く収まればよしとすべきである。

この二〇年ばかり日本はデフレで苦しんできたが、インフレになれば金利の引き上げと相俟って更に苦しまなければならない。戦後のインフレでどれほど苦労をしたか、それを記憶している人は少なくなっている。しかし、田中角栄政権の時（一九七四年）に経験したインフレはまだ記憶している人も多い。全国消費者物価指数は対前年二三・二％であった。田中総理は政敵の福田赳夫氏を大蔵大臣に起用した。厳しい財政、金融の引き締めが必要であり、大量の企業倒産、失業が出ることを覚悟しなければならない。

現在、円安が続いている（二〇二二年末）が、インフレを抑えるためには円安を納めなければならない。大変なことである。日本がインフレになれば世界経済を混乱させることになる。いずれにしても日本経済が平穏無事に進むことはないだろう。

私が卆寿を迎えるころ、日本は政治、経済、財政が混乱期を迎える可能性があり、その中で健康、医療の分野は進歩の芽が出始める頃を迎え、ここを乗り越えることができればもう一つ次の山にさしかかることになる。それは白寿か百寿の世界なのかも知れない。

あとがき――三部作を書き終えて

「日々挑戦」「さらば米寿」「一路平安」の三部作を書き終えて、今静かにこの二年間を振り返っているところである。書き残すべきことを書けたかどうか、重複は無かったかどうか、未来を語ることができたかどうか、膝に手を置き思いに耽っているのだ。そんなに書くことは無いと思いながら、次々と湧き出る気持ちを書き留めた。前に書いたことの繰り返しであることも多かったと思うし、もうその話は聞き飽きたと言われる内容もあるような気がする。昔の話の繰り返しは高齢者特有の症状であるとお許しいただきたい。

過去のことばかりでなく、未来もできるだけ多く語ったつもりであり、日本の将来を不安に思いながら、政策面の提案もしたつもりである。

特に年金制度については、米寿と一路の二回にわたり取り上げ、日本の制度の不備を指摘し、超高齢者年金制度の設立を提案した。八五歳を超え国民年金で年金は少なく、預金額が残り少なくなり、医療と介護における自己負担の増加する人が増えている。七五歳からと言いたいが、財政的な問題もあり八五歳からの人に手を差し伸べる年金制度である。多くの人の賛同を得たい。

また、三種の神器、五箇条の御誓文と昔の話を持ち出しながら、現在の改革すべき点を検討したところもある。

いろいろの試みをしながら書いた三部作であるが、高齢期を迎えた人間の社会に残せるものは何なのか、それを考える一助にもなった。高齢者も社会保障費を多額に使い年々歳々生活を続けることに後ろめたさを感じている。社会のために尽くせることは何なのか、出来るだけのことをして埋め合わせたいと考えている。その心の内を書くことができたかどうかである。その一端でも読者に理解して貰えれば、三部作の意味はあったと思っている。日々挑戦を続けた人生、さらば米寿の年齢を迎え、更に一路平安の旅を続ける。

坂口　力（さかぐち・ちから）●プロフィール

三重県出身。医師・医学博士。初代厚生労働大臣。元衆議院議員。
東京女子医科大学顧問。日本先進医療臨床研究会・顧問。
三重県立大学 (現国立大学法人三重大学) 大学院医学研究科修了後、
三重県の無医村・宮川村の僻地診療に従事。
その後三重県赤十字血液センターに勤務し副所長として献血事業の充実に尽力する。
国会議員となり三重県式の献血事業を全国に普及させた他、
厚生労働大臣時代にハンセン病患者の隔離政策の間違いを認め、
時の総理大臣・小泉純一郎氏に進言して日本国政府として初めて上告を断念させる。
ＢＳＥ感染牛の問題で国民の安心のために全頭検査を実施。
新型コロナウィルスＳＡＲＳの感染拡大を水際作戦で防止するなど
多くの功績を残す。
１００年安心の年金プランの立案でも有名。
著書に『タケノコ医者―差別なき医療をめざして』（光文社）、『タケノコ大臣奮戦記―温かい心を持った厚生労働政策を求めて』（中央公論新社）、『日々挑戦』（健療出版）、『さらば米寿』（健療出版）などがある。

一般社団法人 日本先進医療臨床研究会●プロフィール

「ガンと難病と老化をなくし、健康長寿・生涯現役」の世界の実現を目指して、医師・歯科医師を中心に、医療従事者、医療・健康関連企業、研究者、および、志ある一般の方たちから構成される研究会。
現在の標準的な治療法では完治が難しい様々な疾患に対して、
最先端医学から伝統療法まで、様々な治療法とその組み合わせを
医師と患者の同意のもとで実際の治療で効果を試し、
症例報告の集積によって治癒・改善・再発防止の効果を検証しています。
また、ガン・心臓病・脳卒中・自己免疫疾患・神経変性疾患など
様々な病気の状態を測るマーカー検査の検証も行っています。

一路平安

2023 年 7 月 31 日　初版発行

著　　者　　坂口　力
協　　力　　日本先進医療臨床研究会
発 行 人　　小林平大央

発 行 所　　健療出版／株式会社健康長寿医療維新
〒 194-0215 東京都町田市小山ヶ丘 6-1-217
電話：042-625-1841
印刷･製本　　株式会社エデュプレス

出版の力で世界からガンと難病と老化をなくしたい!

健療出版・書籍のご紹介

新型コロナからガン治療まで。
デトックス&代謝アップ
による新治療理論

(たかはしクリニック院長)高橋嗣明・著

「新型コロナ ワクチンの後遺症の早期改善が叶う 薬物を用いない治療方法」

(四六判 / 176ページ / 1400円+税)

「衝撃的な治療手段というものは実在するようです!ほぼ毎日、困難な状況から早期に抜け出された患者様から「これを世に出していただいた方に感謝します」という言葉をいただきます。この本はその事実を知っていただくためのものです。(たかはしクリニック院長)高橋嗣明

初代厚生労働大臣
坂口力先生
3部作!

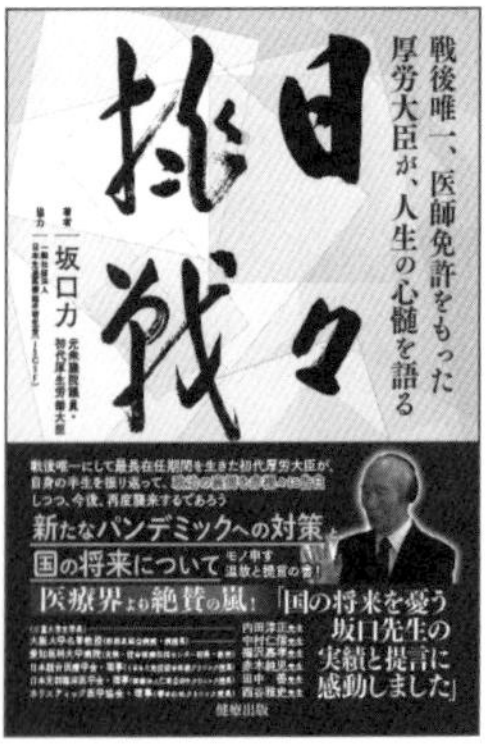

坂口力著 **「日々挑戦」**

(四六判 / 228ページ / 1600円+税)

挑戦の日々を生きた元厚労大臣が、自身の人生を振り返って、政治の裏側を事実に基づいて淡々と告白しつつ、今後襲来するであろう新たなパンデミックへの対策や、将来の国の在り方などについて、自身の考え方をモノ申す温故と提言の書。

坂口力著 **「さらば米寿」**

(四六判 / 260ページ / 1600円+税)

医師であり元厚労大臣である著者が老境にあたり、日本の未来に思いを馳せて「超高齢者年金の創設」など国の将来について熱をもって語る提言の書!

坂口力著 **「一路平安」**

(四六判 / 216ページ / 1600円+税)

「さらば米寿」を書き終えた時、もう書くことは無くなったと思い、筆を置きかけた。
しかし、まだ書いておかなければならないことがあると、思い直してペンを握り直したのがこの一冊である。
過去のことを中心に書いた「日々挑戦」や「さらば米寿」とは異なり、「坂口流・令和五箇条の御誓文」の提案など、これからのことに重きを置いた一冊。

kenryo.site